Das bin ich.

Name: Katharina Schöberl, genannt Kathi
Alter: 11
Wohne: mit Papa, Mama und Nervensäge Benjamin (8) im 3. Stock eines Gemeindebaus
Liebe: Freundinnen
Hasse: Freundinnenkummer, Streitereien, Sticheleien der Großmutter
Schule: muss sein
Lieblingsfach: Deutsch
Befreundet mit Steffi seit: schon immer
Befreundet mit Hannah seit: einem Streit mit der Steffi
So bin ich: lustig, verträumt, leicht chaotisch
Besonderes: Puh! Wo fange ich da am besten an?
Der BFC ist für mich: Der wichtigste Club der Welt, weil ich mich auf meine Freundinnen immer verlassen kann!

Kathi

Daddy cool

Für meinen Papa Heinz!

*Vielleicht nicht der coolste,
aber sicherlich der beste „Daddy" der Welt.*

*Danke für deinen Mut, deine Weisheit,
deinen Humor und vor allem für deine Liebe.*

Karin Ammerer

Von Karin Ammerer unter anderem im G&G-Verlag erschienen:

Ratekrimis:
Das Detektivtreffen, ISBN 978-3-7074-0361-9
Die verschwundene Keksdose, ISBN 978-3-7074-0260-5
Drei mörderische Tanten, ISBN 978-3-7074-0261-2
Männer aus dem Moor, ISBN 978-3-7074-0292-6
Der Katzenklau, ISBN 978-3-7074-0330-5

Inspektor Schnüffels geheime Ratekrimi-Bibliothek:
Detektivausrüstung, ISBN 978-3-7074-1236-9
Geheime Nachrichten, ISBN 978-3-7074-1238-3
Spurensicherung, ISBN 978-3-7074-1237-6

Ponyclique: Hilfe, ist das Liebe?, ISBN: 978-3-7074-1235-2

Gemeinsam gewinnen wir, ISBN: 978-3-7074-1163-8

Best Friends Club: Liebe – oder was?, ISBN: 978-3-7074-1344-1

www.ggverlag.at

ISBN 978-3-7074-1343-4

In der aktuell gültigen Rechtschreibung

1. Auflage 2011
Umschlagillustration, Buchschmuck: Sabine Kranz
Gesamtherstellung: Imprint, Ljubljana

© 2011 G&G Verlagsgesellschaft mbH, Wien
Alle Rechte vorbehalten. Jede Art der Vervielfältigung, auch die des auszugsweisen Nachdrucks, der fotomechanischen Wiedergabe sowie der Einspeicherung und Verarbeitung in elektronische Systeme, gesetzlich verboten. Aus Umweltschutzgründen wurde dieses Buch auf chlorfrei gebleichtem Papier gedruckt.

Inhalt

Elternkummer und Lehrergejammer
*Oder: Warum mir der Lebensraum Wasser
blunziwurschtegal ist* 11

Ein grenzgenialer Plan
*Oder: Wie man es vermeidet,
Scheidungseltern zu bekommen* 26

Sprachunterricht für Papa
Oder: Warum Daniel nicht auf Bienenkotze steht 40

Alarmstufe Rot
*Oder: Warum der zuckerlrosa Roberto,
die Frau General und die Kitsch-Ente
die Operation unnötig erschweren* 48

Sehr geehrte Helga!
*Oder: Wie aus Onkel Hansis Idee
ein romantischer, duftender Liebesbrief wird* 63

Ein verblüffendes Wiedersehen
*Oder: Die seltsame Tatsache,
dass die Mama den Papa nicht cool findet* 74

Am Ende kommt immer alles ganz anders
Oder: Ein Papa, der das Coolsein verweigert 85

Tipps & Infos
von Psychologin Sabine Weißenbacher 107

Anlaufstellen 122

Elternkummer und Lehrergejammer
Oder: Warum mir der Lebensraum Wasser blunziwurschtegal ist

„Katharina!", unterbricht der Bio sein Referat und rückt seine Brille zurecht, bevor er mir einen furchtbar strengen Blick zuwirft. „Der Lebensraum Wasser scheint ja nicht ganz dein Interesse zu wecken …"

Damit hat der Bio durchaus recht! Ich, Katharina Schöberl, habe im Moment ganz andere Sorgen als langweilige Biologiestunden und die noch langweiligeren Referate dazu. Denn der Lebensraum Wasser ist mir heute tatsächlich blunziwurschtegal! Genauer gesagt hätte mich heute nicht einmal das Fressverhalten kurzsichtiger Eidechsen interessiert. Aber natürlich kann man das dem Bio SO nicht sagen, denn er ist unheimlich sensibel, wenn jemand über seinen Biologieunterricht meckert.

„Doch, Herr Professor", widerspreche ich pflichtbewusst und schenke dem Bio mein schönstes Lächeln, „natürlich interessiert mich der Lebensraum Wasser. Ich habe nur nachgedacht."

Streng schüttelt der Bio den Kopf. „Wie oft soll ich dir noch sagen, dass du nicht nach-, sondern mitdenken sollst!", seufzt er ehrlich verzweifelt.

„Entschuldigung bitte", antworte ich und werfe ihm

einen Ich-werde-es-nie-nie-wieder-tun-Blick zu. „Ich habe gerade darüber nachgedacht, wie verschwenderisch viele Menschen mit Wasser umgehen!"

Da strahlt der Bio wie ein aufgeputzter Christbaum am Heiligen Abend.

„Absolut korrekt, Katharina!", lobt er und setzt zu einer Rede über das maßvolle Verwenden von Rohstoffen an. Das Thema „Sparsames Umgehen mit den Geschenken der Natur" liebt der Bio nämlich noch mehr als seine Referate. Und schon hat er den Faden für einen weiteren Vortrag, in dem er völlig versinkt und nichts um sich herum, aber auch gar nichts, mitbekommt. Also merkt der in seine Ausführungen Versunkene auch nicht, wie Steffi mir einen Zettel zuwirft.

Steffi, eigentlich Stefanie Zambrino, ist meine beste Freundin. Schon im Sandkasten haben wir miteinander gespielt und waren unzertrennlich. Na ja, fast jedenfalls. Vor gut einem Jahr haben wir uns ganz furchtbar zerstritten. Weswegen? Das weiß keine von uns mehr genau. Irgendwie war alles ein großes Missverständnis. Ich dachte, dass Steffi sich in David, den süßesten Buben der ganzen Unterstufe, verliebt hätte. Was ja eigentlich kein Problem wäre. Nur dummerweise hatte ich schon vor ihr beschlossen, David zu heiraten. Klar, dass ich kein Wort mehr mit ihr geredet habe! Und dann ist plötzlich ein total peinlicher Liebesbrief an den David aufgetaucht. Alle dachten, er wäre von mir. War er aber gar nicht. Und von Steffi auch nicht. Aber das wusste ich damals noch nicht. In der Garderobe sind Steffi und ich dann fürchterlich zusammengekracht. Ganz genau weiß ich nicht mehr, was passiert ist. Aber Larissa aus unserer Klasse hat gesagt, dass ich hochrot im Gesicht war. Kurz vor dem Explodieren halt. Und geschrien habe ich so laut, dass man es bestimmt noch im Lehrerklo gehört hat.

Jedenfalls war nach dem Streit absolute Funkstille zwischen Steffi und mir.

„Kathi, du kannst aber auch ein Sturkopf sein", hatte Mama mich ermahnt und versucht mir klarzumachen, dass Freundschaft wichtiger ist als alles andere. Sogar wichtiger als der David. Na gut, das hat die Mama damals sicher nur gesagt, weil sie nicht weiß, wie süß er ist.

Steffi hat mich ein halbes Jahr lang ignoriert und kein einziges Wort mit mir gesprochen. Und ich natürlich auch nicht mit ihr! Tja, ich habe dann das einzig Vernünftige getan und mir damals einfach eine neue beste Freundin gesucht, Hannah Holzner. Steffi und Hannah sind so verschieden wie Tag und Nacht. Hannah wohnt mit ihrer Mama, ihrer Oma und deren schwerhöriger Schwester in einem uralten Bauernhaus. Manchmal findet sogar Hannah, dass ein Mann in der Familie nicht verkehrt wäre. Aber geschadet hat ihr der weibliche Einfluss auch nicht wirklich. Denn Hannah ist furchtbar intelligent und steckt ihre Nase dauernd in irgendwelche Sachbücher. Nur leider ist sie schüchtern und überängstlich. Andere – die nicht mit ihr befreundet sind – würden wahrscheinlich sagen, sie ist langweilig. Ich vermute, das liegt daran, dass sie gleich dreifach bemuttert wird (also einmal bemuttert, dann einmal begroßmuttert und einmal schwesterbegroßmuttert), was bestimmt nicht leicht auszuhalten ist.

Steffi dagegen ist für jeden Unsinn zu haben und hat fast immer gute Laune. Sogar, wenn sie mal wieder in der Pizzeria ihrer Eltern aushelfen muss. Steffis Papa hat einen Ururopa gehabt, der Italiener war. Und deshalb kommt für Herrn Zambrino kein anderer Beruf als Pizzabäcker in Frage. Dass er nur zu einem Sechzehntel Italiener ist, stört ihn dabei nicht. Im Restaurant spricht er sogar mit einem ganz merkwürdigen italienischen Akzent. Und das, obwohl er gar kein Italienisch kann und erst zweimal in Italien auf Urlaub war. Irgendwie sind alle Zambrinos – und davon gibt es eine ganze Menge!!! – ein bisschen verrückt. Aber liebenswert verrückt.

Und deswegen haben Steffi und ich uns auch nach unserem furchtbaren Streit wieder versöhnt. Sie hat ihrem italienischen Temperament die Schuld zugeschoben. Und ich habe die Entschuldigung angenommen, obwohl Steffi nur mehr zu einem Zweiunddreißigstel Italienerin ist. Aber so kleinlich darf man nun mal nicht sein. Ich hab mich natürlich auch entschuldigt. Na ja, eigentlich habe ich mehr ein „Dumm gelaufen!" genuschelt. Aber wenn man mich genauer kennt, weiß man, dass das schon eine ziemlich ordentliche, fast schon schnulzige Entschuldigung ist. Und das war der Steffi natürlich sofort klar wie eine frisch geputzte Fensterscheibe. Wir haben uns dann hoch und heilig versprochen, dass wir nie mehr wegen eines Buben streiten würden. Auch wenn er noch süßer als der David ist.

Seitdem sind wir wieder beste Freundinnen, und weil die Steffi die Hannah auch gern mag, haben wir den BFC gegründet, den *Best Friends Club*, den Club der besten Freundinnen. Wir haben uns versprochen, immer zusammenzuhalten. Sogar ein Armband trägt jede von uns, auf dem steht: *Friends forever*.

Ich öffne also den Zettel, den mir Steffi zugeworfen hat. Natürlich hat der Bio davon überhaupt nichts bemerkt. Auf den Zettel hat Steffi fünf Fragezeichen gemalt. Ich merke, dass sie die ganze Zeit zu mir rüberschaut und mir deutet, dass ich zurückschreiben soll, was mit mir los ist. Aber ich tue so, als würde mir das nicht auffallen. Stattdessen konzentriere ich mich auf das Geschwafel vom Bio. Jedenfalls täusche ich das vor und hänge an seinen Lippen, damit ich der Steffi nicht erklären muss, warum mir heute alles so blunziwurschtegal ist.

Erst die Pausenglocke stoppt den leidenschaftlichen Vortrag, und der Bio verlässt hochzufrieden unser Klassenzimmer.

Besorgt zieht mich Hannah auf die Seite und fragt: „Was ist los mit dir?"

Ganz kurz überlege ich, ob ich meinen besten Freundinnen die Wahrheit sagen soll. Nach einer Intensivstunde mit dem Bio will ich eigentlich keine tiefsinnigen Gespräche führen. Und schon gar nicht will ich Hannah und Steffi meinen Elternkummer anvertrauen.

Beleidigt dreht sich Hannah um. Vor besten Freundinnen darf man keine Geheimnisse haben! Nicht einmal nach Biostunden. Oje! Elternkummer und beste Freundinnenkummer sind heute einfach zu viel für mich. Und es stimmt schon: Der BFC hat nun mal wirklich keine Geheimnisse voreinander.

Seufzend reiße ich in der nächsten Stunde ein Blatt aus meinem Religionsheft und trenne zwei Streifen ab. „Komm am Nachmittag zu mir nach Hause! Ich erklär es dir", schreibe ich auf beide und schiebe einen zu Hannah und einen zu Steffi. Wenn mein Leben schon total den Bach runtergeht, möchte ich doch wenigstens unsere Freundschaft retten. Steffi öffnet den Zettel, liest die Botschaft, grinst und streckt den Daumen nach oben. Nur Hannah dreht die Nachricht gelangweilt zwischen ihren Fingern. Zuerst will sie den Zettel gar nicht aufmachen. Beleidigt ist beleidigt!

Aber Hannah ist zum Glück furchtbar neugierig. Deshalb kann sie mich auch gar nicht lange zappeln lassen und macht den Zettel doch noch auf. Und die Botschaft lässt sie ganz aufs Beleidigtsein vergessen …

Als Hannah läutet, bin ich noch beim Mittagessen. Ich drücke auf die Gegensprechanlage. „Komm rauf!", sage ich und gehe vor die Wohnungstür, um auf Hannah zu warten.

Dort erwartet mich schon der Hausdrachen, der so tut, als wäre er fleißig am Kehren. Eine Stufe nach der anderen. Der Hausdrachen arbeitet immer sehr gründlich, vor allem vor den Wohnungen der anderen überkommt ihn der Putzrappel! Einmal habe ich sogar mitgestoppt – Schmäh ohne! Eine ganze Stunde hat der Hausdrachen vor unserer Wohnungstür gewischt und gekehrt, als die Großmutter der Mama einen Vortrag über den Papa und überhaupt alle Männer gehalten hat. Fast hätte der Hausdrachen dabei das Muster von den Fliesen gekratzt. Jedes Wort hat er mitangehört. Und am nächsten Tag war der Papa DAS Gesprächsthema im Gemeindebau Nummer 16. – So eine Tratschen!

„Guten Tag, Frau Kainer!", grüße ich den Hausdrachen, der gerade bei der Nachbarwohnung besonders gründlich wischt. Wie ertappt dreht sich der Hausdrachen um.

„Servus, Katharina!", antwortet der Hausdrachen außerordentlich freundlich.

Das ist seltsam! Der Hausdrachen ist nämlich selten freundlich. Meistens keift und sudert er. Also vermute ich, dass der Hausdrachen wohl wieder auf Lauschposten gewesen ist. Da biegt Hannah schnaufend um die Ecke. Das liegt nicht wirklich daran, dass wir im dritten Stock wohnen, sondern daran, dass Hannah furchtbar unsportlich ist.

Der Hausdrachen mustert die Schuhe von der Hannah ganz genau. „Dass du mir ja nichts schmutzig machst!", schimpft er statt einer Begrüßung.

Hannah nickt und streift sich die Schuhe extra gründlich ab.

„Na, kommst heute noch rein?", frage ich ungeduldig und beobachte die Hannah beim Schuheabputzen.

Der Hausdrachen nickt ihr lobend zu.

Nach der Abputz-Zeremonie kann ich endlich die Tür zumachen. Ein Blick durch den Spion bestätigt meine Vermutung. Der Hausdrachen ist wieder zur Nachbarstür zurückgekehrt und hat dort Stellung bezogen.

„Also, was ist los mit dir?", fragt Hannah, bevor ich mir weitere Gedanken über den Hausdrachen machen kann. Da klingelt es schon wieder. Diesmal ist es Steffi.

„Uiii, bin ich zu spät?", stöhnt sie.

„Na, du hast es ja auch besonders weit!", grinse ich. Steffis Tante und ihre Cousine Elena wohnen nämlich gleich in der Wohnung neben uns. Und wenn es Steffi wieder mal zu viel wird in der Pizzeria, flüchtet sie hierher.

Der Hausdrachen wirft meiner Jetzt-wieder-Freundin einen strengen Blick zu. Aber Steffi merkt das gar nicht. Sie stampft einmal mit jedem Fuß auf unseren Vorleger und kickt die Schuhe dann in eine Ecke. Laut seufzend verlässt der Hausdrachen seinen Posten und wischt kopfschüttelnd vor unserer Tür.

Bevor wir in meinem Zimmer verschwinden, vergewissere ich mich noch, dass die Nervensäge nicht in der Nähe ist. Die Nervensäge ist eigentlich ein Er: nämlich mein kleiner Bruder Benjamin, kurz Benni genannt. Kleine Brüder sind im Allgemeinen furchtbare Nervensägen, aber Benni ist garantiert die Obernervensäge! Das findet sogar Hannah, und die liebt kleine Geschwister. Das liegt wahrscheinlich daran, dass sie selber keine hat …

Was ich meinen besten Freundinnen zu sagen habe, geht die Nervensäge absolut null Komma nix an. Kein Wort soll Benni hören.

„Meine Eltern …", seufze ich und lasse mich auf mein Bett fallen.

Steffi und Hannah verstehen mich auch ohne große Worte. Eltern machen doch immer wieder dieselben Probleme!

„Sie streiten jeden Tag", erkläre ich.

„Und so was nennt sich erwachsen!", schimpft Steffi. Sie versteht Eltern einfach nicht. „Uns Kindern verbieten sie das Streiten. Und selber sind sie viel ärger als wir!"

Das kann ich wirklich nur bestätigen. Es tut gut, mit den beiden über den Elternkummer zu reden. Und weil es so guttut, erzähle ich ihnen alles. Von den vielen Streitereien. Davon, dass die Mama fast jeden Abend weint und der Papa immer später nach Hause kommt. Kommt er ausnahmsweise gleich nach der Arbeit nach Hause, streiten sie, und die Mama weint auch. Der Papa schreit die Mama an, und die Mama schreit zurück. Dann schmeißt der Papa die Tür hinter sich zu, und die Mama reißt die Tür wieder auf und schreit ihn an, dass er gefälligst die Tür nicht zuschmeißen soll, woraufhin der Papa natürlich die nächstbeste Tür noch lauter zuknallt.

Seit einigen Tagen ist es aber unerträglich. Es wird nicht mehr geschrien, und die Türen werden normal geschlossen. Dafür wird gezischt. Die Mama zischt den Papa an, und der Papa zischt zurück.

Gestern ist der Papa aus dem Schlafzimmer ausgezogen und hat bei der Nervensäge geschlafen. Auch das habe ich meinen besten Freundinnen erzählt. Nur eines habe ich ihnen nicht erzählt: Dass ich furchtbar geweint habe, als die Nervensäge mich gefragt hat, ob Mama und Papa sich scheiden lassen.

Hannah ist voller Mitgefühl für mich und die schwierige Elternsituation.

„Aber es hat auch Vorteile, wenn sie sich trennen", versucht sie mich aufzumuntern.

Der Tröstungsversuch geht ziemlich in die Hose. Ich springe aus dem Bett und knalle die Zimmertür zu. Fast so wie der Papa.

Hannah läuft mir hinterher. „Ich mein ja nur ...", verteidigt sie sich.

„Glaubst, ich bin blöd?", schreie ich die Hannah an. „Was soll denn das für Vorteile haben? Ich will, dass wir eine Familie sind. Einen Wochenend-Papa und eine Unter-der-Woche-Mama brauch ich überhaupt nicht!"

„Ich wollte nur helfen", meint Hannah ein wenig trotzig.

„Damit kannst vielleicht die Nervensäge trösten. Aber ich pfeif auf Geschenke vom Papa, damit ich nicht mehr traurig bin. Und ich pfeif auch auf lustige Wochenenden, wenn ich den Papa sonst nicht seh!", stelle ich klar.

„Hast eh recht", stimmt Hannah schließlich zu. Die Hannah ist selbst ein Scheidungskind. Und sie hasst dieses Wort. „Ich bin kein Scheidungs-Kind, ich habe nur Scheidungs-Eltern!", erklärt sie immer. Denn die Hannah hat sich ja nicht scheiden lassen.

Der Scheidungsgrund der Hannah-Eltern ist übrigens blond, jung und himmelt den Papa an. Desiree heißt der

Scheidungsgrund, der von der Mama nur „blondes Gift" genannt und ansonsten ignoriert wird.

Am Anfang war die Scheidung für Hannah ganz in Ordnung. Sie war ja auch erst drei Jahre alt. Der Papa kaufte ihr alles, was sie wollte. Vor allem alles, was ihr die Mama nicht kaufte. Und er holte sie jedes Wochenende ab, und die beiden unternahmen tolle Sachen miteinander. Der Scheidungsgrund hielt sich zurück und verzichtete zugunsten von Hannah auf den Papa.

Doch dann stellte auch der Scheidungsgrund Ansprüche und vereinnahmte den Papa immer mehr. Zuerst wurden die Papa-Besuche kürzer, weil der Scheidungsgrund zu Hause wartete und alle zehn Minuten am Handy anrief, um zu fragen, wann der Papa sie denn mit seiner Anwesenheit beehren würde. Und es dauerte gar nicht lange, da wurden die Papa-Besuche seltener. Sogar viel seltener. Auch die finanziellen Zuwendungen wurden immer weniger.

„Blondes Gift kostet eben", stellte Hannahs Mama nüchtern fest. Damit schien sie auch recht zu haben, denn der Papa speiste nur noch in Edelrestaurants und warf sich in Schale, um neben dem aufgeputzten Scheidungsgrund nicht zu unauffällig zu wirken. Mittlerweile hat der Papa mit dem Scheidungsgrund ein Kind. Und der Hannah schreibt er bloß noch zu Weihnachten und zum Geburtstag eine Karte, auf der er verspricht, dass er sie ganz, ganz bald besuchen wird und sie unheimlich lieb hat. Das glaubt die Hannah schon lange nicht mehr. Deshalb wandern die Karten immer gleich in den Mistkübel.

„Es hat nicht wirklich viele Vorteile", gibt Hannah kleinlaut zu.

Das finde ich auch. Eine Scheidung und Stiefeltern sind echt das Letzte, was ich jetzt brauchen kann. Immerhin habe ich mit meinen eigenen Eltern genug Probleme!

Am nächsten Tag sind meine Augen rotgeweint, als ich in die Schule komme.

„Der Papa ist gestern Abend ausgezogen", berichte ich, und Steffi nimmt mich mitfühlend in den Arm. Hannah streicht mir über den Rücken und murmelt etwas, das so klingt wie: „Auf Regen folgt auch wieder Sonnenschein!"

Auf den Turnunterricht habe ich überhaupt keine Lust. Und die Thurnerin – pardon, die Frau Professor Thurner – kann mir heute echt gestohlen bleiben. Aber auf Verständnis von der Thurnerin brauche ich gar nicht erst zu hoffen. Die hält Turnen glatt für das wichtigste Schulfach! Deswegen schreibe ich mir selbst eine Entschuldigung wegen Kopfschmerzen. Und aus Freundschaft beschließt auch Steffi, den Turnunterricht zu schwänzen.

„Ich hab leider mein Turnsackerl zu Hause vergessen", meint sie zur Thurnerin, nachdem ich meine Entschuldigung abgegeben habe.

„Falsche Antwort! Ganz falsche Antwort!", flüstere ich und verziehe das Gesicht.

„Kein Problem!", ruft die Thurnerin fröhlich und verschwindet im Turnkammerl.

Als sie zurückkommt, schiebt die Thurnerin eine riesige Kiste vor sich her.

„Such dir was aus!", sagt sie mit einem Strahlen im Gesicht. „Für solche Notfälle hebe ich die Turnkleidung auf, die andere nach der Stunde hier vergessen haben."

Mitleidig schauen wir Steffi hinterher. Gebrauchte, vergessene Turnkleidung aus dem Turnkammerl wünscht man nicht einmal seinem schlimmsten Feind. Blass und mit angeekeltem Gesicht wühlt Steffi in der Kiste. Mit Begeisterung wird sie dabei von der Thurnerin unterstützt. Schließlich findet sie ein giftgrünes Turnleiberl und eine rosarote Hose, die nur ein bisschen zu groß ist, und Steffi wird in die Garderobe geschickt.

„Uiiije, jetzt hab ich auch furchtbare Kopfschmerzen!", jammert Steffi, als sie zurückkommt und greift sich an die Stirn. Der Thurnerin wirft sie einen schmerzverzerrten Blick zu.

„Na, ist das jetzt ansteckend?", fragt die Thurnerin verwundert und kommandiert uns zum Mattenschleppen ab.

Das ist auch gut so, denn ich habe mit der Steffi einiges zu besprechen. Auf meine beste Freundin ist nämlich wie immer Verlass. Sie hat sich die ganze Nacht den Kopf darüber zerbrochen, wie man meinen Elternkummer lösen kann. Und natürlich hat sie einen grenzgenialen Eltern-wieder-zusammenbring-Plan geschmiedet.

Ein grenzgenialer Plan
Oder: Wie man es vermeidet, Scheidungseltern zu bekommen

„Was stört denn deine Mama eigentlich an deinem Papa?", will Steffi von mir wissen und zupft an ihren langen, blonden Haaren.

Das ist gar nicht so leicht zu beantworten. Mittlerweile ist der Papa nämlich ein wandelnder Störfaktor in Mamas Augen. Und der Papa lässt auch kein gutes Haar an der Mama.

„Ist schon komisch!", bemerke ich nachdenklich. „Früher haben sie über alles gelacht. Aber plötzlich stört es die Mama, wenn der Papa die Zahnpastatube nicht zuschraubt. Und der Papa regt sich auf, wenn die Mama zu oft zum Friseur geht!"

Steffi nickt verständnisvoll.

„Ich glaub, es ist einfach alles zu langweilig. Sie arbeiten, kommen nach Hause. Es wird gekocht und gegessen. Sie bringen die Nervensäge ins Bett, schauen noch ein bisserl fern und gehen dann schlafen. Und am nächsten Tag geht alles wieder von vorne los", überlege ich.

„Vielleicht solltest du die beiden auf Urlaub schicken", schlägt Steffi vor. „Also … ich mein … nur die zwei ganz allein!"

„Das kann ich mir nicht leisten", entgegne ich. „Und außerdem halt ich die Nervensäge nicht aus."

„Hmmm…", sagt Steffi nachdenklich.

„Hmmm…", schließ ich mich an.

„Dein Papa muss cooler werden! So wie früher", meint Steffi. „Schau dir doch mal den Daniel aus der 4b an. Der ist so cool, dass der Kühlschrank einfriert, wenn er davorsteht – und die Mädels liegen ihm zu Füßen."

In der Tat kann Daniel sich vor Verehrerinnen kaum retten. Er ist ein begnadeter Fußballer und hält die Schule für eine halbtägige Beschäftigungstherapie, an der er aus Zeitmangel natürlich nicht immer teilnehmen kann.

Von den Zehen- bis zu den eingegelten Haarspitzen ist er einfach cool und anscheinend unwiderstehlich.

„Das ist es!" Ich bin total begeistert. „Wir machen meinen Papa wieder cool. So wie damals, als die Mama sich in ihn verliebt hat. Steffi, dein Plan ist grenzgenial!"

In der Pause weihen wir Hannah in die Operation *Daddy cool* ein. Die ist anfangs komischerweise gar nicht begeistert. Aber schließlich leuchtet auch ihr ein, dass wir dem Papa dabei helfen müssen, wieder so zu werden wie damals, als die Mama ihn umwerfend fand.

In der Musikstunde können wir ungestört weiterplanen,

denn der Musiker übt mit dem Chor ein Lied für den Geburtstag des Direktors ein. Hannah und ich fallen aus, weil wir nicht sonderlich musikalisch sind und der Musiker es schätzt, wenn wir nicht mitsingen. Steffi, die eine richtig gute Stimme hat und bei jeder HELDEN-VON-MORGEN-Staffel locker ins Finale kommen würde, täuscht kurzerhand Halsschmerzen vor.

Während der Chor mehr oder weniger begeistert das Ständchen trällert, ist der BFC damit beschäftigt, den Papa cooler zu machen.

Als es läutet, ist der Plan längst durchdacht! Und die Operation kann beginnen!

Zu Hause suche ich nach alten Fotos vom Papa.

Aber alle Bilder zeigen den Papa gut frisiert, im Anzug und überhaupt sehr anständig. Damit kann ich natürlich überhaupt nichts anfangen.

„Na, bumm! Der Papa war schon immer fad", stelle ich erschüttert fest.

Der Papa hat die Operation *Daddy cool* dringender notwendig, als ich gedacht habe. Wir dürfen keine Zeit mehr verlieren!

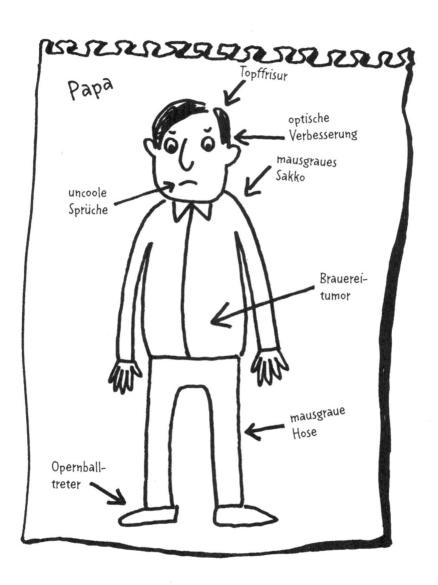

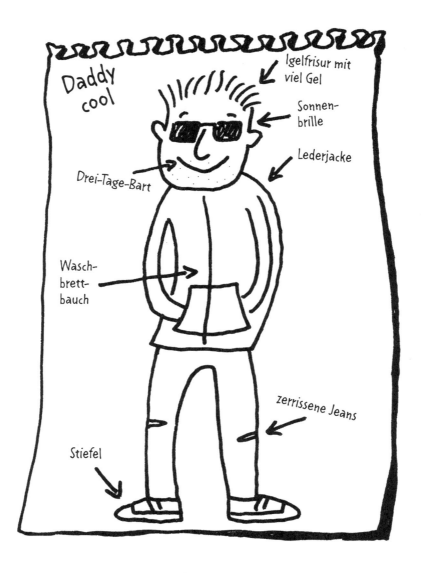

Plötzlich öffnet jemand die Tür – auch das noch: die Nervensäge!

„Kannst nicht anklopfen?"

„Kann ich schon, aber ich mag nicht", antwortet er. „Der Papa ist da und holt seine Sachen."

„Was?!?" Sofort laufe ich ins Schlafzimmer, wo der Papa gerade seine Hosen in den Koffer legt.

„Tut mir leid, Süße", sagt er und packt weiter.

„Kommst du wieder?", frage ich und hoffe, dass meine Stimme dabei nicht allzu sehr zittert.

Der Papa zuckt mit den Schultern. „Ich komm euch besuchen."

„Das mein ich nicht!" Es hilft alles nichts. Erfolglos kämpfe ich gegen die aufsteigenden Tränen an. Am liebsten würde ich dem Papa um den Hals fallen und ihn ganz toll festhalten. So fest, dass er gar nicht gehen kann.

„Es liegt nicht an euch", versichert der Papa. „Ich habe euch sehr lieb, und die Mama hat euch auch lieb."

„Und hast du die Mama lieb?", forsche ich nach, obwohl ich furchtbare Angst vor der Antwort habe.

Der Papa lässt die Hose fallen. „Ich? Ja, sicher!", sagt er ohne mich anzuschauen. „Aber im Moment haben wir eben ein paar kleine Meinungsverschiedenheiten!"

Pfff! Meinungsverschiedenheiten! Ich bin ja kein kleines Kind mehr! Wegen Meinungsverschiedenheiten zieht man doch nicht einfach aus.

„Wo wirst du wohnen?", frage ich, als der Papa sein Lieblingskaffeehäferl holt. Das Häferl haben die Nervensäge und ich ihm vor fünf Jahren zum Vatertag geschenkt. Wir haben es selbst bemalt. Das Herz ist ziemlich verwackelt, aber der Papa findet, es ist das schönste Herz, das er je gesehen hat.

„Bei der Oma", antwortet der Papa. „Vorübergehend."

„Und dann?", lasse ich nicht locker.

„Mal sehen …", erwidert der Papa. „Vielleicht suche ich mir dann eine Wohnung. Oder die Mama und ich verstehen uns wieder besser, wer weiß?"

Hurra, ich strahle wie ein Honigkuchenpferd. Nein, wie zwei Honigkuchenpferde! Das heißt, dass der Papa die Mama ja wirklich noch lieb hat. Dann ist also noch nicht alles verloren …

Beim Verabschieden drücke ich dem Papa einen besonders dicken Kuss auf die Wange.

„Mach's gut, Daddy!", sage ich und klopfe ihm auf die Schulter.

„Was?", fragt der Papa und lacht.

„Ab heute bist du mein Daddy", bestimme ich.

Der Papa nickt. „Wenn es dich glücklich macht", meint er.

Und ob es mich glücklich macht. Der erste Schritt ist geschafft! Aus dem Papa ist der Daddy geworden. Wenn es so einfach weitergeht, ist der Papa an Coolheit bald nicht mehr zu überbieten.

Als der Papa die Tür öffnet, steht – Überraschung – der Hausdrachen davor. Verwundert starrt er auf die Koffer.

„Na, Herr Schöberl, fahren wir auf Urlaub?", fragt der Hausdrachen neugierig.

„Nein, Frau Kainer, wir nicht. Sie können ja das Haus nicht so lange allein lassen! Was glauben Sie denn, wie es hier aussehen würde, wenn Sie nicht putzen würden!", grinst der Papa.

Der Hausdrachen fühlt sich geschmeichelt. So viel Wertschätzung hätte er dem Papa gar nicht zugetraut. Dass der Papa das ganz anders gemeint hat, ist dem Hausdrachen bei all der Begeisterung gar nicht aufgefallen. Der Papa drückt mich noch einmal ganz fest und dann die Nervensäge.

„Bis bald!", sagt er.

„Bis bald!", antwortet die Nervensäge und verschwindet wieder in der Wohnung.

Ich winke nur und sage lieber nichts, denn sonst hätte ich bestimmt geweint. Und eine heulende Kathi will ich dem Papa jetzt nicht zumuten. Ich schaue ihm noch nach, als er schon längst das Haus verlassen hat. Der Hausdrachen fuhrwerkt im zweiten Stock. Wahrscheinlich, um nicht aufzufallen. Das gelingt ihm nicht ganz, denn der Hausdrachen hat ein starkes Mitteilungsbedürfnis und muss der Prohaska aus der Achterwohnung gleich lautstark erzählen, was bei den Schöberls grad passiert ist. Am liebsten wäre ich nach unten gelaufen und hätte den Tratschweibern gesagt, dass sie ihren Mund halten und sich gefälligst um ihre eigenen Probleme kümmern sollen.

Aber bevor ich das tun kann, läutet das Telefon. Es ist die Mama.

„Ich lad euch heut auf eine Pizza ein", schlägt sie vor.

„Nein, danke", antworte ich. Auf keinen Fall will ich den Auszug vom Papa feiern.

Die Mama klingt ziemlich enttäuscht. Aber das ist mir egal. Wie kann man an einem traurigen Tag wie heute nur so fröhlich sein wie die Mama?

„Tut mir leid, meine Große", entschuldigt sich die Mama, als sie nach Hause kommt. „Ich weiß, das war blöd von mir. Ihr seid traurig, und ich bin auch traurig, und der Papa ist traurig. Da wollt ich uns ein bisschen aufheitern."

Die Mama und ich sitzen noch lange in der Küche beisammen und reden über alles Mögliche. Über die Schule, das Direktoren-Geburtstagsständchen und die ehrgeizige Thurnerin und sogar über die Putzgewohnheiten vom Hausdrachen.

Nur über den Papa reden wir nicht.

„Magst heut bei mir schlafen?", fragt die Mama.

„Nein, danke", antworte ich. Es würde mir zwar bestimmt guttun, mich an der Mama festzuhalten, aber die Mama muss sich daran gewöhnen, dass niemand mehr neben ihr liegt. „Vermisst den Papa schon?", frage ich.

„Nein", entgegnet die Mama. „Doch, ein bisserl schon. Die Streitereien vermisse ich nicht. Aber den alten Papa. Also ich mein den Papa, so wie er früher war."

Perfekt! Genau das wollte ich hören. Jetzt weiß ich ganz genau, dass die Operation *Daddy cool* der richtige Weg ist, um den Papa und die Mama wieder zusammenzubringen.

Am nächsten Tag begleiten mich Steffi und Hannah zur Wohnung von der Oma. Der Papa freut sich wahnsinnig. Und auch die Oma ist begeistert. „Man muss die Feste feiern, wie sie fallen", sagt sie und kocht eine riesige Kanne voll heißer Schokolade.

„Wir haben eine Überraschung für dich, Daddy", eröffne ich und mache es extra spannend. „Also ...", beginne ich noch einmal vorsichtiger. Wenn man jemanden cooler machen will, muss man ihm das wohl schonend beibringen.

„Der BFC, der Best Friends Club, wird an dir ein paar Veränderungen vornehmen, Daddy."

„Nichts Großartiges. Wirklich nur Kleinigkeiten", beruhigt Steffi.

Der Papa schaut verdutzt von mir zur Hannah und weiter zur Steffi. Dann blickt er an sich hinunter. „Ja, was stimmt denn an mir nicht?", fragt er.

Steffi schüttelt den Kopf. Sie kann gar nicht glauben, dass der Papa nicht erkennt, wie dringend notwendig die Verbesserungen sind. Da liegt ein ganz schön hartes Stück Arbeit vor uns.

Aufmunternd klopfe ich dem Papa auf die Schulter. „Es ist nur zu deinem Besten", erkläre ich ihm. Auf diesen Schock hin braucht auch der Papa eine große Tasse heiße Schokolade.

„Alles neu macht der Mai", wirft die Oma ein. „Dir würde es nicht schaden, wenn du dich ein bisschen veränderst. Das habe ich dir schon immer gesagt, dass du unmöglich herumläufst!"

Ui, das ist gefährlich. Die Oma kann die ganze schöne Operation *Daddy cool* verpfuschen. Bei mir schrillen alle Alarmglocken. Bestimmt hat die Oma andere Vorstellungen vom Coolsein als meine besten Freundinnen und ich.

„Wir machen das schon, Oma", sage ich. „Auf uns kannst du dich verlassen."

Die Oma ist beruhigt. Der Papa nicht so.

„Herr Schöberl, wenn wir mit Ihnen fertig sind, werden Sie sich selber nicht mehr wiederkennen", meint Hannah. Der Papa weiß nicht, was er sagen soll. Irgendwie klingen Hannahs Worte nicht wie ein Versprechen, sondern mehr wie eine Drohung. Ein gequältes Lächeln ist alles, was er zustande bringt.

Die Operation *Daddy cool* macht es notwendig, dass der BFC über das verlängerte Wochenende bei der Oma und beim Papa einzieht. Also beziehen wir mit Sack und Pack das ehemalige Kinderzimmer vom Papa. Der Papa selbst wird ausquartiert und auf der Wohnzimmercouch untergebracht.

„Rosen ohne Dornen gibt es nicht", hat ihm die Oma kurzerhand erklärt. Und während der Papa kurz kampfunfähig ist, weil er darüber nachdenkt, was dieses Sprichwort mit seinem ungeplanten Auszug zu tun hat, packt die Oma schon seine Sachen.

„Also, womit fangen wir an?", gibt sich der Papa seufzend geschlagen.

„Wie gesagt, handelt es sich um einige kleine Verbesserungen", beginnt Hannah.

Steffi rollt ein Plakat auf dem Küchentisch auf. „Das sind

Sie, Herr Schöberl", erklärt sie. „Und die roten X kennzeichnen die Stellen, die wir ein wenig überarbeiten müssen! Also Ihre Problemzonen, kann man sagen."

Der Papa ringt sich zu einem Lächeln durch. „Das sind aber viele X", meint er ein wenig kleinlaut, als er die Zeichnung näher betrachtet.

Das hat er schon mal richtig erkannt. Irgendwie scheint der Papa eine wandelnde Problemzone zu sein. In der Tat gibt es ziemlich großen Veränderungsbedarf beim Papa. Aber das muss man ihm behutsam beibringen.

„Du hast auch viele gute Seiten", starte ich einen Motivationsversuch.

Der Papa schaut mich zweifelnd an. Dann starrt er auf das Plakat und versucht eine Stelle zu finden, die nicht mit einem roten X markiert ist. „Und welche bitte sind das?", fragt er.

„Na, viele …", antworte ich. „Du bist nett und …"

„Gesund", unterbricht Steffi.

Dankbar werfe ich meiner Freundin einen Du-hast-mich-gerettet-Blick zu. Eifrig stimme ich ihr zu. „Ja, pumperlgesund sogar", betone ich und nicke mehrmals, damit der Papa mir das auch wirklich glaubt.

Das leuchtet auch dem Papa ein. Noch einmal schaut er prüfend an sich hinunter. „Und nach eurem Veränderungsprogramm will mich die Mama wieder zurück?", fragt er unsicher.

„Selbstverfreilich", ist sich Steffi sicher. „Schön blöd wär sie, wenn sie es nicht wollen würd."

Ganz so überzeugt sind Hannah und ich nicht davon. Aber Zweifel dürfen wir uns auf keinen Fall anmerken lassen. Sonst würde der Papa verweigern wie ein alter Gaul vor dem ersten Hindernis.

Also klopfe ich dem Papa aufmunternd auf die Schulter und meine: „Wirst sehen, das wird schon."

Seufzend gibt sich der Papa geschlagen: „Na gut, dann versuchen wir es!"

Sprachunterricht für Papa
Oder: Warum Daniel nicht auf Bienenkotze steht

„Als Erstes werden wir etwas gegen dein Bäuchlein tun, Daddy", meine ich bestimmt.

Und bevor der Papa entrüstet widersprechen oder meinen Freundinnen erklären kann, dass sein „Bäuchlein" eine Folge der Erdanziehungskraft ist, wedelt Hannah mit vier Karten vor seiner Nase auf und ab.

„Meine Mama hat Jahreskarten fürs Fitnesscenter gekauft", sagt sie und schüttelt dabei selbst den Kopf.

Alle paar Monate nämlich will Hannahs Mama ein bisschen mehr so werden wie der Scheidungsgrund. Sie bildet sich ein, dass sie zu dick, zu hässlich und überhaupt zu alt ist. Und damit sie etwas dagegen tun kann, braucht sie die Unterstützung der lieben Familie. So werden die Hannah-Oma, die Großtante und natürlich auch die Hannah auf Diät gesetzt und auch zum Friseur oder ins Fitnesscenter geschleppt. Diese Anfälle von der Hannah-Mama halten zum Glück nie länger als zwei Wochen an. Vom letzten Anfall ist der Hannah-Mama ein Plus von sieben Kilo Lebendgewicht geblieben, denn sie hat herausgefunden, dass sich Selbstmitleid hervorragend mit Schokolade bekämpfen lässt. Aus dieser Zeit stammen auch die vier Jahreskarten fürs Fitnesscenter.

Auch wenn Papa nicht sehr glücklich wirkt, machen wir uns

schließlich auf den Weg ins Fitnessstudio. Für Steffi ist das genau das Richtige, ihr ist es schon wichtig, gut auszusehen. Plötzlich wird sie richtig ehrgeizig – die Thurnerin hätte ihre wahre Freude an der Steffi.

Der Papa erscheint in einem mausgrauen Ganzkörperanzug. Er geht zum Gewichtheben, und Hannah und ich machen uns auf die Suche nach Steffi.

„Ja, wir sind gut drauf! Und linkes Bein, rechtes Bein. Go! Eins, zwei, drei, vier!", singt ein motivierter Mann im Gymnastikraum und klatscht im Rhythmus in die Hände.

Ganz hinten entdecke ich die Steffi, die versucht, die Anweisungen des Trainers zu befolgen.

„Wenn das die Thurnerin sehen könnte! Steffi und Aerobic!", flüstere ich Hannah zu.

Bevor uns der Vorturner zum Mitmachen zwingt, schleichen wir lieber wieder hinaus zum Papa. Der hat Unterstützung auch dringend notwendig, denn er liegt mit hochrotem Kopf auf der Bank und versucht verzweifelt die Hantel, die auf seiner Brust liegt, hochzustemmen. Dabei rudert er mit den Beinen wild durch die Luft wie eine Schildkröte, die auf den Rücken gedreht wurde.

„Uiii jegerle, Herr Schöberl", stöhnt Hannah und hilft dem Papa, das Ungetüm in die Höhe zu hieven. Erschöpft lässt er das Ding in die Verankerungen zurückfallen.

Schnaufend setzt er sich auf.

„Nur nicht aufgeben", muntert ihn der Trainer, der zugesehen hat, auf.

„Für heute reicht's!", beschließt der Papa und steht auf.

Der Trainer nickt. „Nächstes Mal können Sie statt einem Kilo schon zwei nehmen! Wir werden das Gewicht langsam steigern", sagt er so laut, dass sich die anderen Sportler umdrehen.

Papas Kopf ist noch immer rot. Aber diesmal nicht wegen der Anstrengung.

„Und dir würde ein bisschen Sport auch nicht schaden", meint der Trainer bestimmt und mustert mich von oben bis unten. „Je früher du beginnst, umso schneller bekommst du deine Problemzonen in den Griff!"

Nun bin ich es, die plötzlich ihre Gesichtsfarbe ändert. Schnell folge ich dem Papa an die Bar und bestelle mir einen Schokoriegel. Frustschokolade hilft zwar nicht gegen Problemzonen, aber die Problemzonen sind damit besser zu ertragen. Der Papa verzichtet auf Frustschokolade, gönnt sich aber nach dieser Anstrengung ein Bier. Währenddessen informiert Hannah die turnende Steffi, dass die erste Fitnesseinheit vorbei ist.

Am nächsten Tag sind die Auswirkungen der Operation *Daddy cool* deutlich spürbar.

„Morgenstund hat Gold im Mund!", flötet die Oma und versucht, gute Laune zu versprühen.

„Alles roger in Kambodscha, Daddy?", frage ich, und der Papa nickt.

„Lachen tut ein bisschen weh", antwortet er und hält sich die Rippen. „Aber sonst ist alles roger! Und bei dir?"

Ich zeige beide Daumen nach oben. Ich will ihm lieber nicht sagen, dass ich ziemlich gekränkt bin. Es ärgert mich noch immer, dass der Trainer meine Problemzonen erstens überhaupt gesehen und zweitens auch noch lautstark erwähnt hat.

„Hilfe!", ruft Steffi plötzlich aus dem Zimmer. „Ich spüre meine Beine nicht mehr!"

Steffi liegt kraftlos im Bett und rührt sich nicht mehr. Hannah beugt sich besorgt über sie. Mit vereinten Kräften ziehen wir Steffi von ihrem Lager hoch und schleppen sie bis zur Eckbank. Dort lässt sie sich laut stöhnend niedersinken und reibt sich die Oberschenkel.

Für den Papa ist das eine willkommene Gelegenheit, dem BFC einen Vorschlag zu unterbreiten. „Ich glaube, das mit dem Fitnessstudio lassen wir lieber", überlegt er.

Natürlich bin ich eindeutig dafür: „Mich bringen keine zehn Pferde wieder dorthin. Wenn ich den kurzsichtigen Fitnesstrainer noch einmal sehe, bekomm ich einen Wutanfall!"

„Was habt ihr noch auf eurer Liste?", fragt der Papa und hofft, dass die nächsten Punkte weniger anstrengend sind.

„Sprachunterricht. Und wir haben einen Experten für Sie eingeladen, Herr Schöberl", betont Steffi, als es wie verabredet an der Tür klingelt.

Ich öffne und begrüße Daniel mit einem langgezogenen „Was geht?".

Daniel nickt kurz und wirft Hannah seine Lederjacke zu, als wäre sie ein Garderobenständer. Seine Hose hat er mit einem Gürtel unter dem Hintern befestigt, die bunten Boxershorts blitzen hervor.

„Noch Fragen?", sagt er.

„Das ist mein Daddy", stelle ich Papa vor und erkläre Daniel kurz die Operation *Daddy cool*.

Der Daniel begutachtet den Papa wie ein Bildhauer, der noch die letzten Ecken und Kanten seines Meisterwerks abrunden muss.

„Krass", murmelt er, während er eine Runde um den Papa dreht.

„Und? Was meinst?", fragt Steffi vorsichtig.

Daniel zuckt mit den Schultern. „Abgefahrene Idee von euch", gibt er zu. „Ist er ein Checker?"

Ich nicke. Der Papa versteht natürlich kein Wort. Aber Checker scheint etwas Gutes zu sein, und deswegen nickt er auch.

Daniel nickt. „Strange, aber deal", antwortet er, zieht die rechte Hand aus der Hosentasche und streckt sie mir entgegen. „Gib Flosse!"

Ich will die ausgestreckte Hand schütteln, doch Daniel umgreift nur meinen Daumen, biegt die Hand erst nach links, dann nach rechts und klatscht schließlich mit der Faust darauf.

„Das heißt, dass wir im Geschäft sind", übersetzt Steffi für den Papa.

Der Daniel ist kein Freund großer Worte und der Papa nicht wirklich ein Checker.

Steffi und ich versuchen, so gut es geht, zu übersetzen, während Hannah staunend danebensteht.

„Also, Münzmallorca ist ein geiler Tipp! Die Schnallen fahren drauf ab! Noch Fragen?", meint Daniel.

Der Papa schüttelt den Kopf. Sein verzweifelter Blick zeigt, dass er nichts verstanden hat.

„Du könntest ab und zu ins Solarium gehen. Frauen gefällt das", übersetze ich.

Der Papa nickt und notiert das in seinem Block.

So geht es fröhlich weiter. Der Papa schreibt und schreibt, und Daniel blüht richtig auf, weil er sein umfangreiches Wissen weitergeben kann. Er rät dem Papa, alles zu entschleunigen, ja nicht rumzumädeln und Blechbrötchen wegzulassen, um etwas gegen den Brauereitumor zu tun.

„Gehen Sie es langsam und entspannt an", übersetzt Steffi. „Wehleidig dürfen Sie nicht sein. Auf Dosenbier sollten Sie wegen des Bierbauchs verzichten."

Daniel schlägt auch vor, einen Besuch beim Kopfgärtner anzupeilen und auf ein anderes Achselmoped umzusteigen.

„Eine neue Frisur ist wirklich eine gute Idee", stimme ich zu, und sogar Hannah ist meiner Meinung. „Aber dein Deo finde ich voll in Ordnung!"

„Oh, Zickenalarm", erwidert Daniel und schaut mich vorwurfsvoll an.

„Naturdeo ist in, du Intelligenzallergiker!"

Na ja, den Papa nach Schweiß riechen zu lassen, finde ich absolut bedenklich.

Daniel hat noch ziemlich viele Vorschläge, um den Papa cooler zu machen. Nach dem Unterricht will der Papa unbedingt zeigen, was er gelernt hat und bedankt sich für Daniels Hilfe. „Danke", meint er, „deine Ellies müssen ja echt fett stolz auf dich sein!"

Daniel zuckt nur gleichgültig mit den Schultern. „Die stressen doch nur rum", antwortet er. „Wollen aus mir 'nen Tafelglotzer machen. Der Bildungsschuppen geht echt an mir vorbei, hat null Funfaktor. Was soll ich mit dem Krampfadergeschwader? Noch Fragen?"

Es dauert ein bisschen, aber mit Hilfe seiner Notizen entschlüsselt der Papa, dass Daniels Eltern aus ihm einen Streber machen wollen und die Schule, und vor allem die Lehrer, nicht wirklich wichtig für ihn sind.

„Und die Schnallen?", fragt der Papa und steckt – genau wie Daniel – beide Hände in seine Hosentaschen.

„Clearasil-Testgelände!", winkt er ab.

Die Oma hat für alle Honigbrote geschmiert. Sie stellt die Teller auf den Tisch und setzt sich. Wie eine besorgte Mutter beim Elternsprechtag schaut sie den Daniel erwartungsvoll an. Der nickt, ohne auch nur eine Miene zu verziehen, was den Papa zu einem strahlenden Lächeln veranlasst. Ein größeres Kompliment kann ihm der Daniel gar nicht machen.

Die Oma schiebt den Teller in Richtung Daniel. „Ohne Fleiß kein Preis! Lass es dir schmecken!", fordert sie ihn zum Essen auf.

„Auf Bienenkotze steh ich nicht!", erwidert er. „Ich werd mir noch bei Steffis Ellies eine Mafiatorte einwerfen!"

Alarmstufe Rot

Oder: Warum der zuckerlrosa Roberto, die Frau General und die Kitsch-Ente die Operation unnötig erschweren

Der Oma liegt wirklich etwas daran, dass der Papa und die Mama wieder ein richtiges Paar werden. Ob es ihr tatsächlich um das Liebesglück der beiden geht oder mehr darum, ihre Wohnung wieder für sich allein zu haben, kann ich beim besten Willen nicht beurteilen.

Jedenfalls schleppt die Oma für den Papa eine richtig coole Lederjacke an. Hannah und Steffi staunen genauso wie ich. Die Lederjacke stammt noch aus der Zeit, als der Opa sich in die Oma verliebt hat. Der Opa ist vor drei Jahren gestorben. Leider, denn der Opa ist mein absoluter Familienliebling gewesen. Alle Opa-Sachen sind der Oma heilig, und deswegen kann ich es gar nicht glauben, dass sie dem Papa die Jacke überlässt. Es ist eine besonders schöne Lederjacke, so wie sie früher die Piloten getragen haben.

„Hammermäßig!", freut sich der Papa, und nicht einmal Daniel hätte es treffender formulieren können.

„Na los, probier sie an, Daddy!", fordere ich den Papa auf.

Der schlüpft in die Jacke und dreht sich dabei im Kreis, um sich von allen Seiten bewundern zu lassen.

„Einem geschenkten Gaul schaut man nicht ins Maul!", urteilt die Oma.

Die Lederjacke ist schön und cool, aber dem Papa ist sie ein bisschen zu klein. Zumachen kann er sie beim besten Willen nicht, und auch die Ärmel reichen nicht einmal bis zum Handgelenk. Aber egal. Dem Papa gefällt die Jacke, der Oma sowieso, mir auch, weil sie noch nach dem Opa riecht. Hannah ist auch begeistert, nur Steffi hat kleine Einwände. Sie zupft dem Papa das Hemd auf einer Seite aus der Hose und lässt ihn die beiden obersten Knöpfe öffnen, so dass man sogar die Brusthaare vom Papa sehen kann. Dann leiht sie sich von der Oma eine Schere und macht – schnipp, schnapp – zwei Löcher in jedes Hosenbein.

Das Ganze geht so schnell, dass der Papa nicht einmal ansatzweise widersprechen kann. Selbst die Oma, die sonst nie um ein Sprichwort verlegen ist, ist sprachlos.

„Grenzgenial, Herr Schöberl", lobt sich Steffi selbst und betrachtet ihn stolz wie Heidi Klum ihre Topmodels.

Und ehrlich gesagt bin ich auch hin und weg. „De luxe, Daddy."

Der Papa ist nicht ganz so überzeugt. Die Oma schlägt die Hände vors Gesicht, und Hannah würde wohl am liebsten die Löcher wieder zusammennähen.

„Und ihr glaubt wirklich, dass der Mama das so gefällt?", fragt er zweifelnd.

„Hundert pro!", sind Steffi und ich uns absolut sicher.

„So, Daddy, als Nächstes geht es auf zum Friseur", bestimme ich mit einem kritischen Blick auf den Plan.

„Kopfgärtner", verbessert der Papa und grinst dabei spitzbübisch. Ich bin unheimlich stolz auf ihn. Auch Hannah und Steffi nicken anerkennend.

„Ihr solltet unbedingt zu Roberto gehen, er ist ein Meister seines Faches", schlägt die Oma vor.

Entsetzt versucht der Papa zu flüchten. Keine zehn Pferde würden ihn zu Roberto bringen!!!

„Wer schön sein will, muss leiden!", beschließt die Oma und sucht im Telefonbuch nach Robertos Nummer.

Roberto ist der Lieblingsfriseur von der Oma. Als der Papa klein war, hat sie ihn immer dorthin mitgeschleppt, was ihm gar nicht gefallen hat. Bei Roberto ist nämlich alles rosa. Nicht schön rosa, sondern richtig kitschig zuckerlrosa. Die Wände sind zuckerlrosa, die Trockenhauben, die Lockenwickler sowieso, und sogar der Roberto selbst – also vielmehr seine Kleidung.

Bei Roberto arbeiten nur Friseure, natürlich alle in zuckerlrosa Outfits. Sogar einen zuckerlrosa Hund hat der Roberto. Der Papa hält es für Tierquälerei, aus einem Hund einen zuckerlrosa Hund zu machen. Und dann den zuckerlrosa Hund auch noch Roberta zu nennen. Uuuh!

Der Oma, die eine absolute Vorliebe für Kitsch hat, gefällt es natürlich bei Roberto. Sie liebt die zuckerlrosa Gesellschaft und die Gespräche mit dem Roberto, der unglaublich verständnisvoll und einfühlsam ist.

Neben seiner Abscheu für Zuckerlrosa hat der Papa aber noch ein zweites Argument, um einen Besuch bei Roberto zu verweigern. Der Roberto war schon damals, als der Papa noch klein war, ein alter Mann. Und jetzt muss er (nach den Berechnungen vom Papa) ungefähr hundertdreißig sein.

„Keinen Tag älter als sechzig ist der Roberto!", widerspricht die Oma und straft den Papa mit einem bösen Blick.

Bevor eine Diskussion über das wahre Alter des zuckerlrosanen Roberto entstehen kann, geht Steffi dazwischen. „Isa, die Nichte von der Cousine meiner Tante, ist Friseurin. Sie arbeitet in einem Salon ganz in der Nähe. Da bekommen wir bestimmt einen Sonderpreis", erklärt sie. Und uns raunt sie verschwörerisch zu: „Und wir können sicher sein, dass dein Papa eine Frisur nach unseren Vorstellungen kriegt."

Diese Sparsamkeit überzeugt auch die Oma. „Spare in der Zeit, dann hast du in der Not!", meint sie und lässt den Papa kampflos ziehen. Obwohl es ihr um den zuckerlrosa Roberto doch ein wenig leidtut.

Während der Papa beim Haarewaschen ist, blättern wir in Modezeitschriften.

„Habt ihr schon was gefunden?", fragt Isa. Ein kurzer Blick genügt und der BFC ist sich einig. Hannah zeigt auf einen braungebrannten, jungen Mann, der strahlend von Seite eins lächelt. Isa betrachtet zuerst das Bild und dann den Papa fachmännisch. „Seid in einer Stunde wieder da!", meint sie schließlich und macht sich an die Arbeit.

Eine Stunde später zupft Isa noch an Papa herum und schmiert reichlich Gel in seine Haare. Gar nicht wiederzuerkennen ist der Papa, das muss ich schon zugeben. Isa hat ihm eine Igelfrisur gemacht und die Spitzen blond gefärbt. Prüfend betrachtet sich der Papa im Spiegel und ringt sich dann zu einem Lächeln durch.

„Und? Wie gefällt es dem BFC?", fragt er vorsichtig.

„Grenzgenial", freut sich Steffi, und die sonst so schüchterne Hannah klatscht sogar, als sie den veränderten Papa sieht.

„Gefällt es dir auch, Daddy?"

„Gewöhnungsbedürftig", antwortet er ehrlich. „Ziemlich gewöhnungsbedürftig." Aber immerhin lädt uns der Papa zu Kakao und Kuchen ein. Gemeinsam stoßen wir auf die Operation *Daddy cool* an.

„Zahlen, bitte!", ruft der Papa.

Die Kellnerin legt die Rechnung auf den Tisch. „Na, Mädels, lasst ihr heute euren großen Bruder bezahlen?", fragt sie freundlich lächelnd.

Dem Papa bleibt fast der trockene Keks im Hals stecken. Doch er fängt sich erstaunlich schnell und antwortet: „Sonst gibt's Zickenalarm! Noch Fragen?"

Die Kellnerin lächelt und nimmt das Geld, das ihr der Papa entgegenstreckt. Dabei schlägt sie ihm vor: „Wenn du am WE noch frei bist, könnten wir eine Disco checken!", und drückt seine Hand.

Oje, ohne sein „Fremdwörterbuch" ist der Papa ziemlich aufgeschmissen.

„Geht klar! Wenn nix anderes abgeht", antwortet er deswegen wenig charmant.

Trotzdem schreibt die Kellnerin ihren Namen – nämlich Irmi – und ihre Telefonnummer auf die Rückseite der Rechnung. Statt dem i-Punkt malt sie für den Papa sogar ein Herz.

Hihi

Wir Mädels vom BFC können uns das Lachen kaum verkneifen. Es ist aber auch zu komisch!

„Ich fass es nicht!", ruft Steffi und fällt dem Papa vor Freude um den Hals. „Ich habe Ihnen doch gesagt, dass es klappen wird."

Auch Hannah ist hellauf begeistert. Mit dieser Wirkung hat sie nun wirklich nicht gerechnet.

Der Papa selbst kann sein Glück gar nicht fassen. Vor sich

her summend legt er den Weg zur Oma-Wohnung zurück. Nicht einmal die Oma kann ihm die gute Laune verderben. Und das, obwohl sie vor Schreck erstarrt, als sie die neue Frisur erblickt.

Bevor die Oma sich wieder fangen und ein Sprichwort anbringen kann, meint der Papa: „Man ist immer so alt, wie man sich fühlt."

Daraufhin beschließt die Oma, die neue Frisur unkommentiert zu lassen. Mich straft sie allerdings mit einem strengen Blick. „Ich hab doch gesagt, geht lieber zum Roberto!", zischt sie. „Deine Mama kriegt den Zuckaus, wenn sie ihn so sieht."

Omas zu ignorieren ist normalerweise nicht meine Art, aber in diesem Fall bleibt mir keine andere Wahl. Außerdem würde die Mama nie im Leben wegen der neuen Frisur einen Zuckaus kriegen. Einen Zuckaus kriegt die Mama höchstens, wenn die Nervensäge wieder einmal wissen will, wie viel Zahnpasta in der Tube ist, und deshalb den Inhalt auf dem Boden der frisch geputzten Schöberl-Wohnung verteilt. Und ganz sicher kriegt die Mama einen Zuckaus, wenn die Frau Teimschl kurz vor 18 Uhr in das Geschäft, in dem die Mama arbeitet, kommt, sich lang und breit beraten lässt und dann doch nichts kauft. Aber wegen einer neuen Frisur – schon gar nicht, wenn es eine so coole ist – kriegt die Mama nicht einmal einen Mini-Zuckaus!

Plötzlich reißt mich das Klingeln von Steffis Handy aus meinen Mama-Zuckaus-Gedanken. Es ist ihre Cousine Elena, die in der Wohnung neben uns wohnt. Steffi hat sie beauftragt, sie sofort zu informieren, wenn irgendetwas Ungewöhnliches in der Schöberlschen Wohnung vor sich geht. Hannah und ich stellen uns ganz dicht zu Steffi, damit wir mithören können. Doch mehr als ein paar Wortfetzen kann ich nicht aufschnappen. Steffi wird immer blasser und verabschiedet sich mit: „Mamma mia, Pizzeria. Das ist eine Katastrophe!"

Ich kenne ja Steffis italienisches Temperament und weiß, dass sie gern übertreibt. Deswegen mache ich mir nicht wirklich Sorgen. Ganz im Gegensatz zu Hannah. Die packt Steffi an den Schultern, rüttelt sie und ruft: „Nun sag schon, was ist los?"

„Alarmstufe Rot! General mit Frau im Anmarsch!", stößt sie aufgeregt hervor. Panisch schaut Steffi uns an. Sie kennt sowohl den General als auch seine Frau. Und ja, es ist wirklich eine Katastrophe!!!

Die Frau General ist erstens tatsächlich Alarmstufe Rot und zweitens meine Großmutter, also die Mutter von der Mama. Und den Papa kann sie absolut nicht ausstehen.

Die Großmutter bevorzugt die Anrede Frau General. Der Großvater hat nämlich früher im Bundesheer gedient und es bis zum General gebracht. Wo und wem er gedient hat, weiß ich nicht so genau, auf jeden Fall ist es mächtig lange her. Dem Großvater – der von allen (auch von der Mama) noch immer mit General angesprochen wird – sind sogar ein paar Medaillen für Tapferkeit und so verliehen worden. Er musste schließlich das Kämpfen aufgeben, weil er verwundet wurde, bekam noch einen Orden und stützt sich seitdem beim Gehen auf einen Stock. Jedenfalls findet die Großmutter, dass – weil der General so viel durchmachen musste – sie sich den Titel Frau General mehr als verdient hat.

Alarmstufe Rot herrscht deshalb, weil die Großmutter großen Einfluss auf die Mama hat. Nach dem Auszug vom Papa und meiner vorübergehender Übersiedelung hat die Mama wahrscheinlich die Großmutter gleich angerufen und ihr ihr Leid geklagt. Das ist im ersten Moment vielleicht erleichternd für die Mama, hat aber schlimme Folgen, nämlich den großmütterlichen Besuch. Die Gelegenheit, die Mama in die richtige Richtung zu lenken, lässt sich die Großmutter natürlich nicht entgehen. Ihrer Meinung nach kann der Mama gar nichts Besseres passieren, als dass der Papa die Familie endlich verlässt.

„Er hat uns nicht verlassen!", ruft die Mama gerade, als ich die Wohnungstür öffne. Sofort nach Elenas Anruf habe ich alles stehen und liegen gelassen und bin nach Hause. Die Steffi hat mich begleitet und versucht, mich zu beruhigen, was nicht wirklich funktioniert hat. Am Ende würde die Mama vielleicht wirklich noch glauben, dass sie ohne den Papa besser dran ist.

„Natürlich hat er euch verlassen. Skandalös ist das! Schmählich im Stich gelassen hat er euch. Dich mit einer Pubertierenden und einem halben Kleinkind", jammert die Großmutter.

„Wir haben uns vorübergehend getrennt, damit wir in Ruhe nachdenken können …", versucht die Mama zu erklären. Dabei klingt sie gar nicht so wie die Mama. Weinerlich und wie ein Kind, das sich rechtfertigen muss, warum es dem kleinen Bruder das Spielzeug weggenommen hat, so hört sie sich an.

Vorsichtig öffne ich die Küchentür. Die Mama sitzt zusammengekauert beim Tisch und dreht nervös an einem nassen Taschentuch. Die Großmutter ist gerade dabei, den Geschirrspüler auszuräumen und ganz nebenbei die Küche neu zu organisieren.

„Katharina, Herzerl", begrüßt mich die Großmutter extra laut. Für die Mama soll das wohl das Warnsignal sein, vor dem „Kind", also vor mir, nichts mehr über den Papa zu sagen. Von dem Geschrei wird auch der General munter. Er sitzt auf dem Sofa und hat den Kopf mit beiden Händen auf den Stock gestützt. Wie von der Tarantel gestochen fährt er hoch und salutiert vor mir.

„Und dann war ich dermaßen brüskiert, dass ich der Lechnerin geschworen habe, nie mehr mit ihr zu reden", meint die Großmutter und tut so, als hätten sie nie über etwas anderes geredet als die Frau Lechner, die Putzfrau im Generalshaus.

„Na, die wird sich freuen", zische ich leise.

Der General lacht auf und verstummt sofort, als ihm seine Frau einen strafenden Blick zuwirft. Laut hustend klopft er sich gegen die Brust. „Verschluckt", erklärt er und schließt die Augen wieder.

Die Großmutter nutzt die Gelegenheit, um den General anzukeifen: „Seit einer Stunde sitzt du jetzt schon auf der Chaiselongue und zeigst gar kein Interesse an deiner Tochter!"

Der General grinst spitzbübisch – natürlich nur, bis sich die Großmutter zu ihm umdreht. Das uralte Sofa, das die Mama von ihrer Oma vererbt bekommen hat, als Chaiselongue zu bezeichnen, ist aber auch zu komisch. Das gute Stück verdient nicht einmal mehr den Namen Sofa.

„Schönen Gruß vom Papa", sage ich und freue mich riesig, als der Großmutter vor Schreck fast das Häferl aus der Hand fällt.

„Danke", erwidert die Mama knapp.

„Wie geht's denn dem Kriegsverweigerer?", fragt der General. Am liebsten hätte ich ganz begeistert von den Veränderungen erzählt und wie erstaunlich gut es dem Papa geht. Und von der Kellnerin, die ihn für meinen Bruder gehalten und ihm ihre Telefonnummer gegeben hat. Aber ich erzähle nichts davon. Das ist bestimmt besser, denn die Großmutter hat ein ungeheures Talent, aus allem, was den Papa betrifft, etwas Schlechtes zu machen.

„Passt schon", antworte ich deshalb. „Traurig ist er halt!"

„Pfah!", macht die Großmutter abfällig und beginnt, die Konservendosen nach dem Alphabet zu sortieren.

Die Mama schaut kurz auf. „Wirklich?", fragt sie, und irgendwie kommt es mir vor, als würde sie hoffen, dass er ein bisschen traurig wegen der Trennung ist.

„Wie steht es mit Marschverpflegung?", ruft der General plötzlich. Auf beinahe nüchternen Magen sind Frauengespräche für ihn nur schwer zu ertragen.

„Ich wollt Spaghetti machen", sagt die Mama.

„Die mach ich für dich", erklärt die Großmutter. Es klingt nicht nach einem Angebot, sondern mehr nach Befehl. „Deine werden immer so gatschig."

Die Mama hat keine Kraft zu widersprechen.

„Ich geh rüber zu den Zambrinos", verabschiede ich mich. Schließlich wartet Steffi bei ihrer Tante bestimmt schon auf meinen Bericht. Aber das sage ich natürlich nicht. Außerdem kann man von der Wohnung nebenan alles hören, was bei uns in der Küche besprochen wird. Und wenn ich weg bin, würden die Mama und die Großmutter bestimmt wieder über den Problemfall Papa sprechen.

Das Klo von Steffis Tante liegt direkt neben unserer Küche. Schon in der Volksschule haben Steffi und ich gemeinsam ein Loch gebohrt, damit wir uns miteinander unterhalten können. Meine Eltern und Steffis Anverwandte waren nicht sonderlich begeistert von dem „Verbindungsloch". Denn die Steffi-Tante befürchtete, dass die Schöberls zu viel vom Verdauungsverhalten der Familie Zambrino mitbekommen würden. Also verhängte sie das Loch kurzerhand mit einer kitschigen Enten-Fliese. Und meine Mama verschönerte die gegenüberliegende Seite mit einem selbst gemalten Bild der Nervensäge. Im Notfall aber wird die Fliese einfach entfernt, und man hat ungestörten Hörzugang zur Nebenwohnung. Und ein Großmutter-Mama-Gespräch ist eindeutig ein Notfall.

Ich klingle bei den Zambrinos und Cousine Elena öffnet. Sie ruft gleich die Steffi, ohne zu fragen, was ich eigentlich will.

„Schnell, aufs Klo!", flüstere ich meiner besten Freundin

zu, und schon sind wir verschwunden. Zu zweit ist es ein bisschen eng am Häusl, aber harte Zeiten erfordern harte Maßnahmen, wie es der General so treffend formuliert. Steffi montiert die Kitsch-Ente ab und wir pressen unsere Ohren gegen die kalten Fliesen.

Alles, wirklich alles, können wir hören. Die Schimpferei von der Großmutter, die Weinerei von der Mama und die Schnarcherei vom General.

Die Großmutter sagt viele gemeine Sachen über den Papa, manchmal widerspricht ihr die Mama und verteidigt ihn, und manchmal stimmt sie ihr zu.

Die Großmutter hält der Mama auch vor, dass sie ihre Kinder, also mich und die Nervensäge, total falsch erzieht. Immerhin haben wir die Gene vom Papa, und man muss deshalb so früh wie möglich verhindern, dass wir auf die falsche Bahn geraten. Schließlich will die Mama ganz bestimmt nicht kleine Papas aus uns machen. Und überhaupt müsse man strenger mit mir sein, weil ich ohnehin schon viel zu viele schlechte Eigenschaften vom Papa geerbt hätte. Und dieser lächerliche Club mit den besten Freundinnen – so etwas gehöre sowieso und überhaupt verboten!

Je länger die Großmutter sudert, umso wütender werde ich. Am liebsten hätte ich das kleine Loch unter der Kitsch-Fliese größer gemacht und wäre gleich durch die Wand gesprungen. Und dann … dann … dann hätte ich der Großmutter ordentlich die Meinung gegeigt. Dem General würde ich den Stock wegnehmen und wild herumfuchteln, bis sie laut schreiend aus der Wohnung läuft und dabei über den Hausdrachen stolpert. Steffi spürt meine Wut. Natürlich, sie kennt mich in- und auswendig. Beruhigend legt sie eine Hand auf meine Schulter. Aber die Wut wird nicht kleiner, ganz im Gegenteil!

Gerade als die Großmutter meint: „Ohne ihn bist besser dran und deswegen musst du ...", klopft es an der Klotür.

Der Onkel von der Steffi ruft angespannt: „Brauchst noch lang? Mich drückt's!"

Den Rat von der Großmutter höre ich nicht mehr, weil Steffi die Klospülung drückt und aufsperrt.

Nervös tritt der Steffi-Onkel von einem Bein auf das andere, unter den Arm hat er eine Zeitung geklemmt, und er hat es sichtlich eilig. Deswegen macht die Steffi auch gleich Platz. Einen Menschen, dem es so pressiert, darf man nicht unnötig aufhalten. Erschrocken prallt der Steffi-Onkel zurück, denn gerade als er ins Klo gehen will, dränge ich mich auch noch aus dem Häusl heraus. Verwundert blickt er von einer zur anderen. Er weiß, dass er eigentlich hätte fragen müssen, was da los ist. Aber glücklicherweise drückt es den Steffi-Onkel bereits extrem, und er verzichtet auf ein Verhör.

Sehr geehrte Helga!
Oder: Wie aus Onkel Hansis Idee ein romantischer, duftender Liebesbrief wird

In der Zwischenzeit hat Hannah mit dem Papa fleißig weitergearbeitet. Der Papa steckt in seiner Lederjacke, das Hemd hängt ihm aus der zerschnittenen Jeanshose. Statt der braunen Lederschuhe hat ihm Hannah schwarze, staubige Cowboystiefel verpasst. Lässig nimmt der Papa seine Sonnenbrille ab und fährt sich durch die Haare. Oder besser gesagt, er will sich durch die Haare fahren. Das viele Gel verhindert sein Vorhaben. Stattdessen klopft sich der Papa halt einfach auf die Igelstacheln auf seinem Kopf, was nicht ganz so cool aussieht. Aber egal …

Dann zwinkert er mir grinsend zu. „Du hast die Nebencheckerin mitgebracht", stellt er fest. „Echt abgefahren! Alles trocken im Socken?"

Die Nebencheckerin – also Steffi – staunt.

„Noch Fragen?", erkundigt sich der Papa und setzt die Sonnenbrille wieder auf.

„Was sagt ihr zu Daddy cool?", fragt Hannah und ist furchtbar stolz auf sich selbst.

Genau wie Steffi bin ich begeistert. Der Papa macht seine Sache außerordentlich gut. Das hätte ich ihm beim besten Willen nicht zugetraut.

„Und wie läuft's daheim?", will der Papa wissen. Dabei tut er so, als würde es ihn gar nicht wirklich interessieren. Oh-oh! Einen Moment lang überlege ich, wie ich es dem Papa am schonendsten beibringe, dass die Großmutter die Mama ordentlich bearbeitet und ihr Gift verspritzt. Aber warum soll er sich unnötig Sorgen machen? Wenn die Operation *Daddy cool* abgeschlossen ist, will sie ihn ja sowieso wieder zurück. Egal, was die Großmutter sagt.

„Alles Banane", sage ich also. „Die Frau General ist recht harmlos und kocht Spaghetti für die Nervensäge!"

Der Papa lacht. „Na, da wird die Mama eine Freude haben", schmunzelt er und sieht mich auffordernd an. Ich tue so, als würde ich das gar nicht merken. Es ist für den Papa und die ganze Operation besser, nicht über den Gefühlszustand der Mama zu sprechen.

„Alte Liebe rostet nicht", beruhigt ihn die Oma, und irgendwie hoffe ich, dass sie mit diesem Sprichwort ausnahmsweise recht hat.

Am Papa sind nur mehr ein paar Kleinigkeiten zu verbessern, aber im Großen und Ganzen sind wir vom BFC durchaus zufrieden. Unsere Liste ist so gut wie abgearbeitet.

Gut, die Körperhaltung vom Papa muss man noch korrigieren. Der Papa steht nämlich immer noch viel zu aufrecht. So, als hätte er einen Besenstiel verschluckt. Um cool zu sein, muss er die Schultern nach unten hängen lassen, einen kleinen Buckel machen und außerdem ein bisschen in die Knie gehen. Und locker und lässig soll das Ganze auch noch ausschauen. Obwohl die Steffi es ihm vormacht, klappt es einfach nicht. Der Papa steht da, als hätte er Rheuma, Arthritis und die Gicht zugleich.

„Nein, beim Gehen nicht die Füße aufheben", verbessert Hannah, die kritisch zuschaut.

„Ich brauch jetzt einmal eine Pause. Coolsein ist ziemlich anstrengend", erklärt er und wischt sich den Schweiß von der Stirn.

Wohl oder übel muss die Fortsetzung der Operation auf morgen verschoben werden. Die Oma schleppt ein paar Gesellschaftsspiele an, und der Papa mischt die Karten. Bis spät in die Nacht spielen wir Schwarzer Peter, Uno und Mensch ärgere dich nicht. So viel Spaß hatte ich mit dem Papa schon lange nicht mehr. Als wir Mädchen vom BFC drei Kegel vom Papa rauskicken, vermutet der Papa ernsthaft eine böswillige Verschwörung gegen ihn. Wie ein gekränktes Kleinkind schmeißt er den Würfel quer über den Tisch.

„Pech im Spiel, Glück in der Liebe", tröstet ihn die Oma.

Doch der Papa ist und bleibt enttäuscht. „Die ganze Welt ist gegen mich", schluchzt er dramatisch wie die Frau General. „Ich bin ganz emailiert."

Steffi verschluckt sich fast an ihrem Apfelsaft.
Sie presst sich die Hand vor den Mund.

„Nicht spucken!", ruft Hannah und geht vorsichtshalber in Deckung.

Der Papa denkt gar nicht daran aufzuhören. Für ihn hat der Spaß gerade erst so richtig begonnen. Wie ein Pfau stolziert er durch das Wohnzimmer. Dabei streckt er den Hintern heraus, was einfach zu komisch aussieht.

„Dass mir dieses Kind immer widersprechen muss", jammert der Papa mit hoher Stimme. „Ganz der Vater!"

Ich zerkugle mich fast vor lauter Lachen.

Der Papa stemmt seine Fäuste in die Hüften und schaut dabei so streng, dass eine Ähnlichkeit mit dem Schwiegerdrachen tatsächlich nicht abzustreiten ist. „Und jetzt werde ich mir ein Hotelzimmer renovieren", keift der Papa weiter. „In diesem Haus bleibe ich keine Sekunde länger. Hier geht es ja zu wie bei den Wilden!" Dann macht der Papa eine kurze Pause, bevor er erst so richtig loslegt. „Aber andererseits ist es unzumutbar, in ein Hotel zu gehen", erklärt der Papa mit der Großmutterstimme, „schließlich sind der General und ich gekommen, um euch zu helfen. Katharina, sei nett und richte das Bett für uns. Nein, das mache ich lieber selber. Bei deiner Erziehung wurde ja leider, leider verabsäumt, Wert auf Hausarbeit zu legen." Dabei streicht mir der Papa über den Kopf und wirft mir einen mitleidigen Blick zu.

Am liebsten hätte ich losgebrüllt, so komisch war das!

„Lass doch die Frau General in Ruh!", geht die Oma dazwischen.

Hannah, Steffi und ich halten uns schon die Bäuche vor Lachen. Steffi hat sogar Schluckauf bekommen. Nur die Oma findet den Papa-Auftritt ganz und gar nicht witzig.

„Sie ist keine Frau General", widerspricht der Papa, während ich vor lauter Lachen schon halb unter dem Tisch liege. „SIE war ja nicht beim Heer! Die kann sich doch nicht einfach die Lorbeeren von ihrem Mann anstecken! Die Mama wird ja auch nicht Frau Hauptportier, wenn ich befördert werde."

Die Oma seufzt. Sie würfelt eine Vier und kickt auch noch den letzten Papa-Kegel raus. Und das, obwohl sie mit zwei anderen hätte fahren können.

„Ich gehe schlafen", verabschiedet sich die Oma.

Auch der Papa geht zu Bett. Er hat morgen einen anstrengenden Tag vor sich, denn die Operation wird planmäßig weiterlaufen, das hat der BFC schon beschlossen.

Am nächsten Morgen steht – ganz ohne Vorwarnung – der Onkel Hansi vor der Tür. Der Onkel Hansi ist nicht nur der jüngere Bruder, sondern auch die Luxusausgabe vom Papa. Er ist lustiger, größer, eleganter, sportlicher, hat einen besseren Job, mehr Freunde und sieht alles viel lockerer als der Papa.

Der Onkel Hansi hat sich extra freigenommen, um den Papa nach dem Umzug zur Oma wieder aufzuheitern. Er wundert sich ziemlich, als er den Papa vergnügt und so gar nicht traurig vorfindet. Das hat der Onkel Hansi nicht erwartet.

„Alles Pyjama in Yokohama?", begrüßt der Papa seinen Bruder.

„Was ist denn mit dem los?", flüstert der Onkel Hansi erstaunt, als der Papa sich umziehen geht.

Der Onkel Hansi traut seinen Ohren nicht, als ich ihm vom Plan unseres Clubs erzähle. Er ist total begeistert von dem ganzen Tamtam um den Papa und freut sich für die Mama. „Deine Mama war schon immer meine Lieblingsschwägerin", erklärt der Onkel Hansi.

Das freut mich zwar, aber es zählt nicht richtig. Die Mama ist nämlich Onkel Hansis einzige Schwägerin.

Er ist sich auch ganz sicher, dass wir die Mama wieder zurückgewinnen können. „Ich kenn mich mit Frauen aus!", meint er großspurig.

Gut, der Onkel Hansi ist schön und lustig und locker. Aber er ist nicht einmal verheiratet und seine Freundin, falls er überhaupt eine hat, habe ich auch noch nie kennen gelernt. Zu Weihnachten, bei Familienfesten und überhaupt überall, wo man mit Freundin auftauchen kann, kommt der Onkel Hansi alleine. Doch er ist überzeugt davon, ein Frauen-Experte zu sein.

„Ihr seid ja so leicht zu durchschauen", behauptet er. „Ein paar schnulzige Liebesbriefe, ein romantisches Abendessen und ein edles Geschenk. Mehr braucht es nicht, um eine Frau zu beeindrucken!"

Jetzt wird der Oma auch klar, warum der Onkel Hansi noch nicht verheiratet ist. Aber ich muss schon sagen, wir finden die Ideen ziemlich gut. Außerordentlich gut sogar. Klar, dass das ein Fall für den BFC ist. Hannah notiert die drei Punkte sofort auf unserer *Daddy-cool*-Liste. Mit dem Liebesbrief wollen wir beginnen.

Von der Oma organisieren wir rosa Briefpapier mit Blüten darauf, und ich hole einen lilafarbenen, nach Flieder duftenden Stift aus meiner Federschachtel.

„Sehr geehrte Helga!", schreibe ich.

„Doch nicht ‚Sehr geehrte Helga!'", widerspricht Steffi. „Das ist ja überhaupt nicht romantisch. Und mit Romantik kennen wir Italiener uns aus!"

„Und außerdem darfst nicht du schreiben", meint die vernünftige Hannah.

Damit hat sie sogar recht. Natürlich kennt die Mama meine Schrift und würde nie und nimmer glauben, dass der Brief vom Papa ist. Der lilafarbene, nach Flieder duftende Stift wechselt also zur romantischen Steffi.

„Liebes Hasi!", schlägt sie vor.

„Liebstes Mausi!", übertrumpft sie Hannah.

Aber mir gefällt beides nicht. „Die Mama mag keine Nagetiere", erkläre ich. Auch „allerliebstes Schatzilein", „Schnucki", „Bärchen" und „Schatziputz" werden abgelehnt.

Nach langer Beratung – es ist gar nicht so einfach, einen Liebesbrief zu schreiben – einigen wir uns auf „mein Augenstern". Das klingt romantisch, aber nicht zu romantisch. Und vor allem hat es nichts mit Nagetieren zu tun, wie ich beruhigt feststelle.

„Wenn wir für den Rest des Briefes auch so lange brauchen wie für die Anrede, können wir für deine Eltern schon mal ein Doppelzimmer im Altersheim reservieren", meint Steffi bissig.

Wider Erwarten geht der „Rest" dann doch sehr rasch.

Um besser denken zu können, marschiert Hannah in der Küche auf und ab und fuchtelt dabei theatralisch mit den Armen, während sie Steffi den Text diktiert.

Gemeinsam verzieren wir den Brief noch mit Schnörkeln, Blumen und Herzchen, damit die Mama auch sicher mitbekommt, dass es ein Liebesbrief ist.

Steffi räuspert sich und liest laut vor:

> Mein Augenstern,
>
> wie geht es dir? Mir geht es gut.
>
> Bei mir ist alles roger, aber ich vermisse dich mega!
>
> Also geht es mir doch nicht ganz so gut.
>
> Ich wünsche mir, dass wir wieder zusammen-
> kommen.
>
> Das ist für alle das Beste. Für dich, für mich, für
> die Kinder und für die Oma.
>
> Wenn du das willst, kreuze bitte „JA" an.
>
> JA   ◯
>
> Hochachtungsvoll
> dein Papa

„Oje, jetzt hast ‚Papa' geschrieben", fällt es Hannah gerade noch auf, als Steffi den Brief schon in das Kuvert stecken will. Aber weil wir den Brief gar so schön verziert und uns so viel Mühe gegeben haben, erlaube ich ihr, aus dem Papa ein Herz zu machen und daneben Werner hinzuschreiben.

Das Herz wird ein bisschen unförmig, und der ganze Papa ist nicht verdeckt.

„Wenn sie das liest, fängt sie sowieso zu weinen an, so romantisch ist der Brief!", ist sich Steffi sicher. „Dann fällt ihr das gar nicht auf."

Leise schleiche ich in Omas Schlafzimmer und hole ein paar Fläschchen Parfüm aus ihrer Kommode. In der Zwischenzeit malt Hannah in schönster Schrift den Namen und die Adresse der Mama auf das Kuvert. Großzügig besprühen wir den Brief mit den Düften. Irgendwie riecht es plötzlich nach verwelkten Blumen, die jemand zuerst in einem Meer voller Algen und toter Fische getränkt und anschließend auf einer Müllhalde in einem Pinienwald entsorgt hat.

Trotzdem stecken wir den Brief in das Kuvert und schicken ihn ab.

„Deine Mama wird schwer begeistert sein", vermutet Steffi, und ich muss sagen, das denke ich auch.

Der Onkel Hansi hat bestimmt recht gehabt. Ein schnulziger Liebesbrief ist genau das Richtige, um das Herz einer Frau zu erobern. Komischerweise ist die Oma ganz und gar nicht begeistert von unserem Kunstwerk.

Sie reißt entsetzt die Fenster auf, als sie vom Einkaufen zurückkommt. „Wollt ihr, dass die Mama bewusstlos wird?", fragt sie ärgerlich.

Tsss, ich finde, dass die Oma furchtbar übertreibt. Der süße Duft der Liebe wird die Mama bestimmt überzeugen. Aber erstmal ist es der Oma wichtig, den „süßen Duft der Liebe" aus ihrer Wohnung zu vertreiben.

Ein verblüffendes Wiedersehen
Oder: Die seltsame Tatsache, dass die Mama den Papa nicht cool findet

Weil am nächsten Tag wieder Schule ist, führt der Papa die Hannah zurück zu dem alten Bauernhaus, in dem sie mit ihrer Mutter, der Oma und deren schwerhöriger Schwester lebt. Steffi und ich steigen vor dem Gemeindebau Nummer 16 aus. Steffi und ich sind beste Freundinnen, aber sie soll trotzdem nicht sehen, dass ich fast weine, weil ich den Papa jetzt schon vermisse.

„Geh ruhig schon hoch!", sage ich und bücke mich. „Mein Schuhbandl ist offen."

Gut gelaunt winkt Steffi uns noch zu und ruft ein vergnügtes: „Bis bald!"

Der Papa nimmt mich in den Arm und drückt mich ganz fest. „Du hast doch gar keine Schuhbandl, mein Mädl", lacht er. „Und jetzt schau nicht so wie drei Tage Regenwetter! Ich komm dich besuchen. Fest versprochen. Die Operation *Daddy cool* ist ja noch nicht beendet. Wir machen weiter, bis wir die Mama wieder zurückhaben."

Ich möchte dem Papa so gerne glauben und drücke ihm ein Bussi auf die Wange.

„War's schön beim Papa?", erkundigt sich die Mama. Die Großmutter und der General sind zum Glück schon abgerückt.

Ich nicke nur stumm. Ich mag jetzt nicht reden.

„Hat er sich verändert?", will die Mama wissen.

Wieder nicke ich. Verändert? Ja, das kann man wirklich so sagen. „Wieso?", frage ich und tue ganz unschuldig. Hoffentlich hört die Mama nicht, dass ich furchtbar stolz auf den BFC und die gelungene Operation bin.

Die Mama legt mir ein – ziemlich duftendes – Kuvert vor.

Ich grinse glücklich in mich hinein. Das Kuvert kenne ich natürlich, aber ich muss so tun, als wüsste ich von nichts.

„Den Brief hat mir der Papa geschickt", erklärt die Mama und lässt mich den Text lesen.

„Na, der vermisst dich ja ziemlich", sage ich und bin ehrlich begeistert. „Und mächtig Mühe hat er sich gegeben. Toller Brief!"

Merkwürdigerweise findet das die Mama nicht.

Sie zweifelt ernsthaft an Papas geistiger Gesundheit.

„Mein Augenstern!", wiederholt sie und deutet dem Brief einen Vogel. „So was Schmalziges passt überhaupt nicht zum Papa! Und dann soll ich ankreuzen, ob ich ihn wieder will! Na, der spinnt doch!"

Ehrensache, dass ich den Papa oder besser gesagt den Briefschreiber, also den BFC, verteidige. „Ich find das toll!

Allein schon, dass er sich die Mühe gemacht hat. Für die vielen Herzerl hat er sicher ewig und drei Tage gebraucht."

Das stimmt die Mama wirklich ein wenig milder.

„Hast recht, meine Große. Mühe hat er sich schon gemacht", gibt sie zu. „Irgendwie süß."

Was für ein grenzgenialer Abschluss für einen ereignisreichen Tag. Die Mama hat bei der Erinnerung an den Papa sogar gelächelt, das hab ich ganz genau gesehen! Das ist ein gutes Zeichen.

Am nächsten Tag freue ich mich richtig auf die Schule. Das liegt natürlich nicht an der Thurnerin, die wir in den ersten beiden Stunden haben, sondern daran, meine Freundinnen vom BFC wiederzusehen. Begeistert beratschlagen Hannah, Steffi und ich, wie wir den Papa noch weiter positiv verändern können. Plötzlich biegt Daniel um die Ecke – gefolgt von einer Heerschar seiner Anhängerinnen.

„Peace!", begrüßt er uns.

„Love and Rock 'n' Roll", sagt Steffi grinsend und freut sich diebisch über Daniels verdattertes Gesicht.

Hannah mustert Daniel ganz genau. Irgendetwas ist heute anders an ihm. „Du bist da ein bisschen schmutzig", flüstert sie und deutet auf seinen Mund.

„Wo?", erkundigt sich Daniel laut.

Das ist Hannah ein bisschen peinlich. Sie mag es gar nicht, im Mittelpunkt zu stehen. Und außerdem will sie Daniel ja nur einen dezenten Hinweis geben.

„Na, da! Oberhalb der Lippe", nuschelt sie, damit der Fanclub es nicht hören kann.

Daniel starrt sie ungläubig an. „Spielst Maulwurf, oder was?", fragt er. „Das ist eine Rotzbremse. Ich hab mich ein paar Tage nicht rasiert. Schnecken stehen auf Drei-Tage-Bärte. Noch Fragen?" Und schon zieht Daniel samt Gefolge ab.

Verwundert schüttelt Hannah den Kopf, Steffi prustet laut los.

Aber das höre ich schon gar nicht mehr. „Drei-Tage-Bart" schreibe ich sofort auf unsere Liste. Vielleicht stehen Frauen wie die Mama ja tatsächlich darauf ...

Der Tag in der Schule vergeht wie im Flug. In den Pausen betratschen wir die Operation *Daddy cool* ausführlich. Dann holt mich der Papa von der Schule ab – für einen Vater-Tochter-Nachmittag.

Der Vater-Tochter-Nachmittag ist wunderschön. Zuerst essen wir in der Pizzeria von Steffis Eltern eine Überraschungspizza für zwei. Dann führt mich der Papa ins Kino aus und spendiert mir sogar einen XL-Kübel Popcorn. Und zum Abschluss lädt er mich auch noch auf Eis mit Schlag ein, bis mir der Bauch wehtut. Viel zu schnell ist der Vater-Tochter-Nachmittag vorbei.

„Kannst du der Mama sagen, dass ich am Freitag den Benni hole?", bittet mich der Papa, als er mich zu Hause absetzt. „Natürlich nur, wenn es ihr recht ist."

„Wird ihr schon recht sein", bin ich absolut überzeugt. Gegen einen nervensägenfreien Nachmittag hat die Mama bestimmt nichts einzuwenden. „Und, Daddy, rasier dich bitte bis Freitag nicht. Ein Drei-Tage-Bart steht dir sicher ausgezeichnet."

„Na, ich weiß nicht recht", erwidert der Papa.

„Findet die Mama aber auch", schwindle ich. Aber eigentlich ist es ja nur eine Notlüge.

Also nickt der Papa zustimmend. „Bis Freitag!", verabschiedet sich der Papa.

„See you, Daddy!", rufe ich ihm nach.

Wie verabredet steht der Papa am Freitagnachmittag vor der Tür, um Benni abzuholen.

Die Nervensäge jubelt und fällt dem Papa um den Hals. „Au, das sticht!", beklagt sich die Nervensäge und hält sich die Wange.

Sehr gut, der Papa hat sich wirklich nicht rasiert. Der Drei-

Tage-Bart schaut aber bei Weitem nicht so cool aus, wie ich das gehofft habe. An den starken Bartwuchs vom Papa habe ich nicht gedacht.

„Hallo!", begrüßt die Mama den Papa.

„Hallo!", erwidert der Papa mit den Händen in den Hosentaschen.

Perfekt! Ich bin sooo stolz auf ihn.

„Gut siehst du aus!"

„Ja, äh ... du ... also, danke", antwortet die Mama. Anscheinend hat es ihr vor Begeisterung die Sprache verschlagen.

„Papa, komm endlich!", drängelt die Nervensäge.

„Ja ... dann ... tschüss", verabschiedet sich der Papa.

„Tschüss", sagt auch die Mama.

Wahnsinn! Am liebsten würde ich vor Freude an die Decke hüpfen.

„Lief doch gut", nicke ich anerkennend, als die Mama zu mir in die Küche kommt.

„Na, bitte", widerspricht die Mama, „wie ein Sandler schaut er aus. Unrasiert und die Hose ganz zerschnitten."

Was? Ich glaub, mich streift ein Autobus. Den Papa in ein solches Gesamtkunstwerk zu verwandeln, ist ein hartes Stück Arbeit gewesen. Für das vernichtende Urteil von der

Mama gibt es nur eine vernünftige Erklärung: das schummrige Licht im Stiegenhaus.

Am Abend bringt der Papa die Nervensäge wieder nach Hause. Benni erzählt der Mama ganz begeistert von dem schönen Nachmittag.

Mehr als „Aha" und „So so" sagt die Mama aber nicht dazu.

„Und voll super ist der Papa!", ruft Benni. „Autodrom fahren waren wir und dann im Tierpark. Und bei den Pinguinen haben wir was getrunken, und dann waren wir noch am Spielplatz."

„Na, das war ja ein toller Nachmittag", findet die Mama und lächelt Benni zu.

Den nächsten Tag verbringt der BFC bei dem Papa und der Oma. Zu lange darf man den Papa nämlich nicht ohne Training allein mit der Oma lassen. Das könnte böse ins Auge gehen. Tatsächlich hat der Papa ein wenig nachgelassen. Die Igelstacheln lassen trostlos ihre Köpfe hängen, und den Bart hat er sich auch abrasiert.

„Das hat so furchtbar gejuckt", jammert der Papa entschuldigend.

„Daddy, da musst du durch!"

Aber der Papa weigert sich. „Ich kann ja meine Hände nicht in die Hosentaschen stecken, wenn ich mich dauernd kratzen muss", verteidigt er sich.

Das leuchtet natürlich ein.

„Also gut, der Bart bleibt ab", willige ich nach kurzer Beratung mit meinen Freundinnen ein. „Aber die Stacheln stellst du dir wieder auf!"

Der Papa nickt. Mit diesem Kompromiss ist er einverstanden. Nach einem Blick auf unsere *Daddy-cool*-Liste ist klar, was als Nächstes zu tun ist.

„Und jetzt überlegen wir uns ein Geschenk für die Mama!", bestimme ich im Vertrauen auf Onkel Hansis Erfolgsrezept.

Plötzlich bekommt der Papa die Panik. „Hab ich ihren Geburtstag vergessen?", fragt er hektisch.

Na, da kann ich ihn beruhigen: „Nein, nicht den Geburtstag, nicht den Namenstag und auch nicht den Hochzeitstag."

Erleichtert atmet der Papa durch. Jedes Jahr vergisst er nämlich zumindest einen von Mamas Ehrentagen, was ihm regelmäßig gehörigen Ärger einbringt. Wenn die Mama leicht sauer ist, hält sie Vorträge. Ist sie ziemlich sauer, schreit sie ihre Vorträge so laut, dass auch die Nachbarn daraus lernen können. Und wenn die Mama richtig sauer ist, hält sie keine Vorträge! Sie schreit auch keine Vorträge. Nein, sie schweigt. Bis zu drei Tage redet die Mama kein einziges Wort, wenn sie richtig sauer ist. Sie ignoriert den Papa einfach oder schaut ihn nur enttäuscht an, damit er ein furchtbar schlechtes Gewissen bekommt. Ist die Mama allerdings stinksauer – und das ist sie, wenn der Papa einen Ehrentag vergisst – bestraft sie ihn. Sie tut dann sehr freundlich. So, als wäre nichts Schlimmes passiert, und der Papa wiegt sich in Sicherheit. Auch dann noch, wenn ihm die Mama sehr liebevoll vorschlägt, doch wieder einmal zu ihren Eltern zu fahren, ahnt der Papa noch immer nichts Böses. Ich kann es nicht glauben, dass der Papa tatsächlich nach all den Jahren nicht weiß, was ihn erwartet. Der Besuch bei Mamas Eltern ist nämlich Papas Strafe. „General, erzähl dem Werner doch von deiner letzten Schlacht!", fordert sie den General auf und schenkt dem Papa ihr strahlendstes Lächeln. Die Geschichte von der letzten Schlacht dauert mindestens drei Stunden. Und das nur, wenn man keine Zwischenfragen stellt. Wenn die Mama den Papa leiden lassen will, hat sie aber unglaublich viele Fragen an den General.

„Aber wenn kein Ehrentag ansteht, warum soll ich ihr dann was schenken?", fragt der Papa verständnislos.

Die Oma schlägt die Hände vor dem Gesicht zusammen.

„Zum Schenken braucht man keinen Grund, Daddy", sage ich.

„Kleine Geschenke erhalten die Freundschaft", erklärt die Oma.

„Ihr meint also, ich soll ihr einfach so ein Geschenk machen? Ohne Ehrentag und ohne Anlass?!"

Seufzend nicke ich. Manchmal kann der Papa richtig begriffsstutzig sein.

„Und was soll ich ihr schenken?", erkundigt sich der Papa.

„Womit hätte sie eine Freude?", versucht Hannah, ihn auf den richtigen Weg zu bringen.

„Vielleicht mit einer Mikrowelle?", überlegt der Papa.

„Das gibt's ja nicht!", entfährt es Steffi. So viel mangelnde Romantik hat sie nicht erwartet.

„Aber sie jammert doch immer, dass sie den ganzen Tag kochen muss, weil jeder von uns zu einer anderen Zeit heimkommt", rechtfertigt sich der Papa.

Seine nächsten Vorschläge sind auch nicht wirklich besser: Ein Weight-Watchers-Gutschein, weil die Mama schon immer ein bisschen abnehmen will. Oder ein Besuch beim Kosmetiker, weil die Mama mit Schrecken festgestellt hat, dass sie langsam aber sicher die ersten Falten bekommt.

Mit dem Hinweis, dass die Mama bei solchen Geschenken bestimmt gekränkt ist, muss der Papa seine Ideen verwerfen. „Die Mama glaubt dann sicher, dass sie dir zu dick und zu alt ist!", erkläre ich ihm mit wenig Erfolg.

„Ihr Frauen seid schon sehr kompliziert", stöhnt der Papa.

„Solange das Geschenk von Herzen kommt, kannst nicht viel falsch machen", hilft ihm die Oma.

„Der Weight-Watchers-Gutschein wäre auch von Herzen gekommen", wehrt sich der Papa.

„Und sei nicht zu geizig!", rate ich vorsichtshalber, denn die Mama hasst Geiz. Beim Papa muss nämlich ständig gespart werden.

„Ich bin nicht geizig!", widerspricht der Papa. „Nur sparsam!!! Und das werdet ihr mir irgendwann einmal danken. Spare in der Zeit, dann hast du in der Not!"

Sprichwörter sind normalerweise Oma-Sache. In diesem Fall macht der Papa jedoch eine Ausnahme.

Am Ende kommt immer alles ganz anders
Oder: Ein Papa, der das Coolsein verweigert

In der Küche brennt noch das Licht, als ich nach der Geschenke-Diskussion nach Hause komme. Die Mama hat eine Fressorgie gestartet.

„Hast auch Hunger, Süße?", fragt sie.

Ich schüttle den Kopf. Seit der kurzsichtige Fitnessmensch bei mir Problemzonen geortet hat, lehne ich die Teilnahme an Fressorgien ab.

„Na, dann bleibt mir mehr", zuckt die Mama mit den Schultern und beißt herzhaft in ein Stück Brot, das sie mit mindestens drei Zentimeter Wurst belegt hat.

„Du wirst das morgen bereuen", vermute ich. „Frustspeck wirst noch viel schwerer los."

Das ist der Mama egal. „Wen stört's?", fragt sie gleichgültig.

„Ist es wegen dem Papa?", will ich wissen.

Die Mama leugnet das steif und fest. „Der Papa ist ein erwachsener Mann, der weiß schon, was er tut", erwidert sie.

Na ja, davon bin ich nicht unbedingt überzeugt …

„Wegen dir mache ich mir Sorgen", erklärt sie und spritzt so viel Schlagobers auf die Bananenschnitte, dass der Teller darunter ganz verschwindet.

„Wegen mir?", wiederhole ich ungläubig.

Die Mama nickt. „Du bist dauernd unterwegs. Und für die Schule tust überhaupt nichts! Was ist los mit dir?" Dabei schaut mich die Mama sehr vorwurfsvoll an.

Gibt's das? Ich bin echt sprachlos! Für eine mütterliche Fressorgie war ich schon lange nicht mehr verantwortlich. Ich bin nicht nur sprachlos, sondern auch wütend, richtig wütend! Ich soll dran schuld sein, dass die Mama ihren Frust mit Essen bekämpfen muss? Ich atme tief durch, aber es hilft nix. Ich bin kurz vorm Explodieren.

„Hast du mich oder den Benni einmal gefragt, ob wir eine Trennung wollen? Nein!", schreie ich, und sogar meine widerspenstigen, roten Locken hüpfen vor Aufregung auf und ab. „IHR könnt nicht mehr miteinander, IHR streitet die ganze Zeit und deswegen müssen WIR jetzt auf den Papa verzichten!"

Es tut gut, die Wut rauszulassen.

„Ihr habt das ganz allein entschieden, und wir müssen uns drauf einstellen! Ob wir wollen oder nicht!", rufe ich mit hochrotem Kopf, und es ist mir vollkommen egal, ob vielleicht grad der Hausdrachen vor unserer Tür auf der Lauer liegt und alles mitkriegt. „Hast uns schon einmal gefragt, wie es uns geht? Nein! Dich interessiert nur die scheiß Schule!"

Ich zittere, so viel Wut hat sich in mir aufgestaut. „Und

jetzt soll ich schuld dran sein, dass du dich voll anfrisst?!", plärre ich.

Die Mama sagt kein Wort. Dann steht sie auf und räumt die Lebensmittel zurück in den Kühlschrank.

„Was ist denn da los?", fragt die Nervensäge plötzlich.

Durch meine Schreierei ist Benni aufgewacht und steht nun barfuß und im Pyjama in der Tür.

„Komm her, mein Kleiner", sagt die Mama leise, und er kuschelt sich an sie. Sie gibt ihm ein Bussi auf den Kopf.

Stocksauer drehe ich mich um und will nur mehr weg.

Die Mama hält mich zurück. „Wart!", bittet sie und deutet auf den freien Sessel neben sich. „Ich vermiss den Papa doch auch!"

Es fällt ihr sichtlich schwer, das zuzugeben.

Die Mama und ich reden dann noch bis Mitternacht. Die Nervensäge liegt, eng an die Mama gekuschelt, da und schläft längst. Die Mama entschuldigt sich, weil sie gar nicht daran gedacht hat, dass die Trennung auch für uns Kinder eine sehr schwierige Zeit ist. Die Mama gibt zu, dass sie den Papa noch lieb hat. Aber mehr, wie man einen guten Freund lieb hat. Das Reden tut mir gut, obwohl auch ein paar Tränen fließen. Die Mama hält mich fest – und ich halte die Mama fest. Dafür bedankt sich die Mama mit einem Kuss, bevor ich ins Bett krieche. „Es wird alles wieder gut, meine Große", verspricht sie mir leise.

Am nächsten Morgen werde ich von Steffi und Hannah aus dem Bett geklingelt. Verschlafen öffne ich die Tür und staune nicht schlecht, dass es schon so spät ist. Zum Glück kann ich mich auf meine besten Freundinnen immer verlassen. Kurz berichte ich vom mitternächtlichen Mama-Kathi-Gespräch. Die beiden können es gar nicht glauben, dass die Mama den Papa nur noch zum Freund haben will.

„Das kann nicht sein!", widerspricht Steffi entrüstet. „Wir haben beinahe die ganze Liste durch, und dein Papa müsste eigentlich unwiderstehlich sein!"

Auch Hannah kann sich das mangelnde Interesse der Mama nicht ganz erklären. Prüfend betrachtet sie unsere Liste mit den geplanten Veränderungen. Gemeinsam überprüfen wir die Punkte.

„Kleidung?", liest Hanna vor.

„Check!", bestätige ich. Check heißt so viel wie „in Ordnung".

„Spracherwerb?"

„Check!"

„Figur?"

„Abgebrochen. Mangels kompetenten Fitnesstrainers", erkläre ich. Ich habe ihm noch immer nicht verziehen, dass er an mir Problemzonen festgestellt hat.

„Körperhaltung?"

„Verbesserungswürdig", gibt Steffi zu, und Hannah markiert die Zeile mit einem großen, roten Rufzeichen.

„Frisur?"

„Check!"

„Sonnenbrille?"

„Check!"

„Drei-Tage-Bart?"

„Abgebrochen! Aufgrund höherer Gewalt!", sage ich.

„Höhere Gewalt?", lacht Steffi. „Ich hab gedacht, es hat zu sehr gejuckt."

„Das Einzige, das ich nicht verstehe, ist, dass die Mama dem Papa noch widerstehen kann", grüble ich.

„Das wird schon", beruhigt mich Hannah. „Einen Punkt müssen wir noch erledigen, dann sind wir die Liste durch!"

„Und dann schafft es nicht einmal mehr die Mama, den Papa NICHT gut zu finden!"

Der Papa hat es noch immer nicht geschafft, ein passendes Geschenk für die Mama zu finden. Das ist der letzte Punkt auf unserer Liste. Steffi arbeitet währenddessen mit dem Papa an dessen Körperhaltung.

„Wir haben das doch schon einmal besprochen!", jammert sie mit einem verzweifelten Es-ist-hoffnungslos-Blick. Quer durch die Wohnung kommandiert sie den Papa. „Schultern hinunter! Becken nach vor! Mehr in die Knie gehen! Hände in die Hosentaschen!"

Gestört werden die Übungen, als jemand an der Tür läutet.

„Werner, gehst du?", ruft die Oma aus dem Schlafzimmer. Sie zieht sich gerade für ihr allmonatliches Kaffeekränzchen mit ihren Freundinnen um.

Der Papa öffnet pflichtbewusst die Tür.

„Ja, grüß Sie Gott, Herr Schöberl!", begrüßt ihn Frau Meier, die Nachbarin von der Oma. „Ist Ihre werte Frau Mutter zu Hause?"

„Die peilt grad die richtigen Klamotten an", erwidert der Papa. „Hat ein Grufti-Treffen! Noch Fragen?"

Die Frau Meier schaut den Papa entgeistert an. Ganz blass ist sie um die Nase, als sie stammelt: „Wenn Sie ihr bitte diesen Honig geben würden? Den hat Ihre Frau Mutter bei mir bestellt. Bezahlt ist er schon."

Der Papa nickt gelassen. „Mega! Sie steht ja auf die Bienenkotze", antwortet er.

Die Frau Meier starrt ihn an. Ungläubig schüttelt sie den Kopf.

„Noch Fragen?", will der Papa wissen.

„Nein, nein! Schöne Grüße an die werte Frau Mutter!", sagt sie und steht noch immer da, als hätte sie ein Gespenst gesehen.

Trotzdem schließt der Papa die Tür und lässt eine total verstörte Nachbarin zurück.

„Werte Frau Mutter! Schönen Gruß von der Meierin!", ruft er in das Schlafzimmer. „Sie hat dir den Honig gebracht!"

Die Oma unterbricht sofort ihre Suche nach dem passenden Kleidungsstück. „Hast du so die Tür aufgemacht?", fragt sie entsetzt und deutet auf die zerschnittenen Jeans.

„Na, umziehen werd ich mich für die alte Tratschen!", erwidert der Papa patzig.

Die Oma ist mindestens genauso blass wie die Frau Meier.

„Sie wird es schon überleben", beruhige ich die besorgte Oma. „Und Daddy war sehr freundlich!"

Wie zur Bestätigung nicken Hannah und Steffi.

„Ich werde dann zu ihr hinübergehen und mich bedanken!", beschließt die Oma.

„Das würd ich nicht tun", flüstere ich meinen Freundinnen zu. „Die Meierin hat den Schock ihres Lebens."

Um Omas Gesundheit nicht noch mehr zu gefährden, schaffen wir den Papa lieber aus dem Haus. Glücklicherweise hat sich der Papa Onkel Hansis Worte zu Herzen genommen. Ein edles Geschenk und ein romantisches Abendessen – so erobert man eine Frau. Deshalb besorgt er einen Gutschein für ein Essen zu zweit in einem ziemlich noblen Restaurant.

„Damit habe ich beides: ein edles Geschenk UND ein romantisches Essen!" Er ist sichtlich zufrieden, und Geld gespart hat er auch noch.

Und weil der Papa an diesem Tag vor Selbstbewusstsein nur so strotzt, lässt er sich vom BFC überreden, der Mama das Geschenk gleich höchstpersönlich vorbeizubringen.

„Denk dran, ganz cool und locker bleiben!", schärfe ich ihm ein. „Schultern nach unten und auf die Hände achten!"

Dann klingelt er an der Tür. Die Mama öffnet im Bademantel und mit einem Kopf voller Lockenwickler. Sie muss zweimal hinsehen, ehe sie den Papa erkennt.

„Hallo!", sagt sie unsicher.

„Servus!", grüßt der Papa. Eigentlich sagt der Papa „Servusss", mit starker Betonung auf dem „U" und mit drei „s". „Alles trocken im Socken?"

Die Mama nickt und starrt den Papa an. „Du hast einen neuen Look", stellt sie fest, und ich meine, schwere Begeisterung in Mamas Stimme zu bemerken.

„Ja, mega, oder? Was geht ab bei dir?", erkundigt er sich.

„Nichts Besonderes. Ich hab es ein bisschen eilig", entschuldigt sie sich.

„Krass", antwortet er, „ich hab eine Kleinigkeit für dich."

Um das Geschenk zu überreichen, muss der Papa eine Hand aus der Hosentasche nehmen.

„Das ist aber lieb!", freut sich die Mama. „Aber jetzt muss ich wirklich …"

„Klaro! Da bleib ich cremig", zeigt sich der Papa extrem verständnisvoll. „Ich funk dich morgen an."

„Okay", verabschiedet sich die Mama und geht zurück in die Wohnung.

„Du warst spitze, Daddy!" Vor lauter Freude falle ich ihm jubelnd um den Hals. Auch Hannah und Steffi sind schwer beeindruckt.

„Meint ihr wirklich?", fragte der Papa zögernd.

„Sowieso! Die Mama war ganz hin und weg!", bin ich mir ganz sicher.

„Das hab ich gar nicht bemerkt", gibt der Papa zu.

„Vornehme Zurückhaltung", meint Steffi.

Die Mama steht im Bademantel vor dem Schlafzimmerspiegel und bemalt ihre Lippen.

„Was machst?", frage ich. Natürlich ist mir klar, dass die Mama sich schminkt. Nur warum, verstehe ich nicht ganz.

„Ich geh heut aus", sagt die Mama.

„Aha", mache ich.

Die Mama pinselt weiter an sich herum.

„Gehst mit deiner Freundin aus?", will ich es genauer wissen.

„Nein, mit einem Arbeitskollegen", erwidert die Mama und tut, als wär das ganz normal.

„Aha", mache ich wieder. Alle Alarmglocken schrillen bei mir. Die Mama hat sich für den Papa schon ewig und drei Tage nicht mehr geschminkt.

„Meinst, ich kann das schwarze Kleid anziehen?", fragt die Mama und hält es vor ihren Bademantel. Das schwarze Kleid hat sich die Mama selbst zum 30. Geburtstag gekauft. Es ist sehr kurz und sehr eng anliegend. Angehabt hat es die Mama noch nie, weil sie findet, dass ihre Beine dafür zu muskulös sind (das Wort dick hasst die Mama).

Das muss ich unbedingt verhindern! Deshalb sage ich: „Das Schwarze wäre schon super, aber deine Beine sieht man halt sehr!"

Die Mama schaut prüfend in den Spiegel und dreht sich hin und her. „Und was stimmt nicht mit meinen Beinen?", fragt sie.

Alles stimmt an den Beinen von der Mama. Sie sind schön, lang und unbehaart. Es stimmt eben nur einfach nicht, dass die Mama so ein Kleid für einen anderen Mann als den Papa anzieht.

„Na ja, sind halt nicht die Beine, die in so einem Kleid gut ausschauen", antworte ich trocken. Damit erreiche ich genau das, was ich wollte.

Die Mama hängt das schwarze Kleid zurück in den Kasten. „Und jetzt muss ich mich beeilen!", erklärt die Mama und dreht an den Lockenwicklern. „Der Rudi kann jeden Moment kommen!"

Aha! Für einen Rudi hat sich die Mama also in das edle, schwarze Kleid werfen wollen.

Als der Rudi anläutet, ist die Mama noch lange nicht fertig aufgebrezelt. Die Mama bittet mich, aufzumachen und den Rudi in die Küche zu führen. – Ein schwerer Fehler!

Der Rudi ist leider absolut sehenswert, das muss ich zu meinem Bedauern zugeben.

„Deine Mama hat gesagt, du bist ein FC Turbo-Fan", begrüßt er mich. „Wenn du magst, nehme ich dich mit zum nächsten Spiel!"

„Vielleicht", antworte ich abweisend. Was bildet der sich eigentlich ein? Glaubt der im Ernst, ich freunde mich mit ihm an?

„Mein Onkel ist der Trainer. Du kannst neben ihm auf der Bank sitzen und die Spieler persönlich kennen lernen", bietet der Rudi an. „Natürlich nur, wenn du willst."

Oh Mann, und ob ich das will! Aber das gebe ich nicht zu. Ich habe längst beschlossen, den Rudi zu hassen.

„Mal sehen", sage ich deswegen so gleichgültig wie nur möglich. „Meine Mama geht selten mit einem Mann zweimal aus."

„So?", staunt Rudi.

„Jap", erwidere ich und grinse innerlich von einem Ohr zum anderen. „Sie ist eine moderne Frau und will ihr Leben genießen!"

„Bin gleich fertig!", flötet die Mama aus dem Schlafzimmer.

„Also, wenn Sie mich fragen …", beginne ich und warte nicht, bis Rudi mich nach meiner Meinung fragt, „… ist meine Mama wirklich sehr modern. Sie hasst es zum Beispiel, wenn ihr jemand die Tür aufhält. ‚Ich hab doch zwei gesunde Hände', sagt sie dann." Ich erzähle dem Rudi auch, dass die Mama immer für sich selbst bezahlt und Männer nicht ausstehen kann, die ihr Komplimente machen.

Verwirrt, aber dankbar über diese Informationen nickt der Rudi mir zu, als die Mama die Küche betritt. Sie strahlt wie eine Prinzessin, und ich habe die Mama schon lange nicht mehr so wunderschön gesehen.

„Entschuldige, Rudi, dass du so lange warten musstest", sagt sie und reicht ihm die Hand.

Rudi – ganz Gentleman – will der Mama einen Kuss auf die Hand hauchen. Schnell räuspere ich mich und zwinkere ihm verschwörerisch zu.

„Ja, äh, kann man nichts machen. Das Essen läuft ja nicht davon", erwidert der Rudi und schüttelt der Mama die Hand, als wäre sie sein bester Freund.

Die Mama wartet vergeblich darauf, dass der Rudi ihr in die enge Jacke hilft. Fertig angezogen steht er bei der Tür und schaut ungeduldig auf die Uhr, während sie sich abmüht.

„Tschüss, meine beiden Großen!", verabschiedet sich die Mama von der Nervensäge und mir.

Der Rudi winkt und lässt sich von der Mama die Tür aufhalten.

„Amüsier dich gut!", rufe ich ihr nach und zeige dem Rudi den nach oben gestreckten Daumen.

Lange vor Mitternacht kommt die Mama nach Hause. Natürlich bin ich noch auf und schaue neugierig aus dem Fenster. Der Rudi bleibt sitzen und wartet, bis die Mama mit ihren hochhackigen Schuhen aus dem Auto geklettert ist. Ohne Gruß rast die Mama auf die Haustür zu und lässt den Rudi einfach im Auto sitzen. Obwohl ich furchtbar neugierig bin, halte ich es für besser, die Mama nicht nach dem Verlauf der Verabredung zu fragen.

Das hole ich am nächsten Tag nach.

„Und? Wie war es gestern?", erkundige ich mich.

Die Mama seufzt: „Geht so."

„Wirst du ihn wiedersehen?"

„Keine Ahnung", meint die Mama und tut sehr beschäftigt. Sie ordnet die Konservendosen der Größe nach. „Kein Mensch ordnet Dosen nach dem Alphabet!", schreit sie plötzlich und wirft den Mais auf den Boden.

Vor Schreck zucke ich zusammen. Ich habe die Mama noch nie so gesehen.

Aus der Mama sprudelt es nur so heraus: „Dieser Mensch hat überhaupt keine Manieren! ICH habe IHM die Tür aufgehalten, und ICH habe IHM den Sessel zurechtgerückt. Und dann hat er auch noch die Frechheit zu fragen, ob ICH SEINE Rechnung gleich mitbezahle!"

Die Mama ist richtig, richtig wütend. „Warum können nicht alle Männer so sein wie dein –", sie unterbricht sich selbst.

„Wie der Papa?", frage ich und lege einen Arm um ihre Schulter.

Die Mama kämpft gegen die Tränen. „Ich weiß auch nicht", sagt sie ehrlich verzweifelt. „Wir haben ja nur noch gestritten. Aber, als Rudi so ... so ... so wenig zuvorkommend war, habe ich den Papa schon vermisst."

„Ruf ihn an!", schlage ich vor, und bevor die Mama richtig darüber nachdenken kann, habe ich auch schon seine Nummer gewählt.

„Hallo, Daddy, die Mama will dich sprechen."

Der Papa erweist sich als echter Blitzkneißer und schlägt der Mama vor, gleich gemeinsam den überreichten Gutschein einzulösen. Wie ein Känguru hüpfe ich auf und ab, als die Mama annimmt.

„Jetzt spinnt er komplett", meint die Mama, als sie auflegt. „Er hat mich gefragt, ob in Mariazell alles hell ist. Und ob ich die Beißerhütte mit ihm abchecken möchte. Nein, der Papa ist ein ganz anderer Mensch geworden. Hast du gesehen, wie er sich neuerdings herrichtet? Wie ein vierzehnjähriger Halbstarker." Die Mama seufzt. „Dabei habe ich doch gerade das so an ihm geliebt!"

„Was?", frage ich total verwundert.

„Na, dass er immer gut angezogen ist. Dass er pflichtbewusst ist und das Geld nicht zum Fenster raushaut", erklärt die Mama. „Dass er kein Draufgänger ist und ein bisschen langweilig."

„Ein bisschen?", flüstere ich, als ich daran denke, was für eine Schlaftablette der Papa vor der Operation des BFC war.

„Furchtbar, wie er sich verändert hat!", stöhnt die Mama.

Träum ich? Ich kann gar nicht glauben, was die Mama da

von sich gibt. Und dabei haben Steffi, Hannah und ich so viel Zeit geopfert, um aus ihm den Traummann für die Mama zu erschaffen. Mir bleibt keine Wahl, ich muss den Papa unbedingt warnen und die Operation *Daddy cool* abbrechen.

Hektisch wähle ich die Nummer von seinem Handy. Auch das noch! Mobilbox. Am Festnetz ist nur die Oma zu erreichen.

„Tut mir leid, Kindchen", sagt sie, „dein Papa ist schon unterwegs. Er holt deine Mama ab, und vorher wollte er noch in die Stadt. Ja, alte Liebe rostet nicht!"

„Oh, nein! Dann ist alles aus!", stöhne ich.

Der BFC hat aus dem Papa einen Mann gemacht, den die Mama nicht cool, sondern einfach nur lächerlich findet. Bei der ganzen Begeisterung über unseren Plan haben wir total vergessen, darauf zu achten, was die Mama will. Und coole Männer will sie anscheinend ganz und gar nicht.

Es ist zu spät! Alles ist verloren. Ich kann den Papa nicht mehr warnen. Er wird den Coolen spielen, und die Mama wird sich mit ihm in Grund und Boden genieren.

Über die Kitsch-Enten-Fliese versuche ich, mit der Steffi Kontakt aufzunehmen. Zum Glück sitzt sie gerade am Klo und zieht sofort die Spülung, als ich Verstärkung anfordere. Hannah wird per Telefon alarmiert und verspricht, sich sofort auf den Weg zu machen. Ja, auf meine Freundinnen vom BFC kann ich mich wirklich verlassen.

Schon eine halbe Stunde später ist die Krisensitzung in vollem Gange.

„Da haben wir ganz schön Mist gebaut", stellt Hannah erschüttert fest.

„Wer kann schon ahnen, dass deine Mama nicht wie jeder normale Mensch auf coole Männer steht?", fragt sich Steffi.

„Wahrscheinlich haben wir einfach einen winzigen, aber durchaus wichtigen Umstand komplett außer Acht gelassen: Nämlich, dass Eltern nun mal keine normalen Menschen sind." Lächelnd erinnere ich mich an den coolen Daddy, seine ersten Versuche und vor allem seine grenzgenialen Fortschritte. Doch das Lächeln verschwindet schnell wieder. „Du liebe Güte! Wir haben ein Monster erschaffen!", begreife ich endlich.

„Wir passen deinen Papa beim Eingang ab und warnen ihn. Wieder uncool zu werden, kann ja nicht so lang dauern", überlegt Hannah.

Die Idee ist gut, aber leider vollkommen unbrauchbar. Denn der Papa ist darauf trainiert, cool zu sein.

„Es wäre besser, wir täuschen eine Entführung vor. Das ist für deine Mama sicher weniger schockierend ...", schlägt Steffi vor.

Darüber näher nachzudenken, lohnt sich schon eher. Ein großer Jutesack ist sicher irgendwo aufzutreiben.

„Wenn uns der Hausdrachen erwischt, haben wir die Polizei am Hals", warne ich meine Freundinnen und sehe schon unser Fahndungsfoto in der Sendung „Aktenzeichen XY ungelöst". „Wir brauchen einen neuen Plan!", dränge ich. „Und zwar schnell, bevor der Papa …"

Da klingelt es. Jetzt ist alles aus! Ich muss mich damit abfinden, Scheidungseltern zu haben – kein Weg führt daran vorbei.

„Hallo, Werner!", begrüßt die Mama den Papa.

„Servus!", sagt der Papa. Ganz normal sagt er das. Ohne drei „s" am Ende und ohne das betonte „U". *hihi*

„Gut schaust du aus", meint er.

Die Mama kichert wie ein Teenager. „Du aber auch", erwidert sie das Kompliment. „Ich zieh mich nur schnell um!"

„Lass dir Zeit! Darf ich in der Küche warten?", fragt der Papa, und die Mama öffnet ihm die Tür.

Der markerschütternde Schrei, mit dem wir gerechnet haben, bleibt aus.

„Das gibt es ja nicht", wundere ich mich. „Was ist denn da los?"

In der Küche sitzt der Papa. Ohne Igelstacheln, aber dafür im nagelneuen Anzug.

„Herr Schöberl?", fragt Hannah total verwirrt.

„Ja, ich bin es. Erkennst du mich nicht mehr?", lacht er.

„Doch, aber …"

„Es tut mir leid", unterbricht der Papa, „ich weiß, ihr habt euch viel Mühe gegeben … und es war bestimmt nicht leicht mit mir … aber ich bin nun einmal nicht cool."

Steffi nickt bestätigend. Das hat der Papa ganz richtig erkannt.

„Ich fühle mich wohler, wenn ich wieder ich selber sein darf", erklärt er. „Es bringt nichts, mich zu verkleiden!"

Unglaublich! Ich drücke dem Papa einen dicken Kuss auf die Wange. Wie gut, dass er wieder der Alte ist. „Du bist spitze, Papa!"

„Tut mir leid, dass du warten musstest, Werner", bedauert die Mama. Sie trägt ihr schwarzes Kleid und sieht darin traumhaft aus.

„Aber ich bitte dich", winkt der Papa ab. „Auf eine so schöne Frau wartet man gerne."

Beschämt senkt die Mama den Kopf.

Der Papa hilft ihr in die Jacke. Er öffnet ihr die Tür und macht als Draufgabe noch einen Diener vor der Mama.

„Und? Hast Schmetterlinge im Bauch?", flüstere ich ihr zu.

Die Mama überlegt kurz. „Es kribbelt ein kleines bisschen", gibt sie zu.

„Ihr entschuldigt uns?", fragt der Papa und bietet der Mama seinen Arm an. „Wir haben viel zu besprechen."

„Versteh einer die Erwachsenen!", stöhnt Hannah, als die beiden gegangen sind.

„Machen nur Probleme", stimmt Steffi zu.

„Und sind einfach undurchschaubar", ergänze ich glücklich und drücke meine besten Freundinnen fest an mich.

Tipps & Infos
von Psychologin Sabine Weißenbacher

Zu Hause wird nur noch gestritten

Zunächst wird noch sehr leise miteinander geredet, aber dann werden die Stimmen der Eltern immer lauter. Sie beginnen, sich wegen Kleinigkeiten anzuschreien, bis sie sich gegenseitig beschimpfen. Meistens ist dann erst Schluss, wenn eine Tür zugeknallt wird.

Wenn sich Eltern nur noch streiten, sich gegenseitig anschreien, sich bei Kleinigkeiten übertrieben ärgern, dann ist das für die Kinder meistens sehr bedrückend.

In so einer Situation fühlen sich viele Kinder traurig, allein, aber auch schuldig. Sie haben Angst, dass sie irgendetwas getan haben, worüber sich die Eltern ärgern. Kinder reagieren auf den Streit der Eltern sehr unterschiedlich: Sie rennen auf ihr Zimmer, schreien, lärmen, gehen dazwischen, verstecken sich in ihrem Bett, halten sich die Ohren zu, überspielen die Situation, schlucken ihre Gefühle hinunter, bauen eine Schutzmauer auf ...

Sie wollen, dass das Streiten endlich aufhört.

Expertentipp

Sprich mit deinen Eltern über ihre Streitereien. Teile ihnen mit, dass du das Streiten mitbekommst und sage ihnen, wie du dich dabei fühlst. Achte dabei darauf, einen ruhigen Moment zu erwischen. Frage nicht während des Streitens nach, da sind deine Eltern zu sehr aufgewühlt und reagieren womöglich ruppig. Frage, was los ist, warum sie sich ständig streiten. Frage einfach alles, was dich interessiert. Du hast ein Recht auf deine Fragen, du bist Teil der Familie!

 Meine Eltern trennen sich
Warum? Das ist eine der ersten Fragen der Kinder an ihre Eltern.

Eltern trennen sich, weil sie nicht mehr miteinander glücklich sind. Im Laufe der Ehe kann es vorkommen, dass Eltern nicht mehr miteinander auskommen, sie sich für unterschiedliche Dinge interessieren, sie keine Gesprächsbasis mehr haben. Sie leben sich auseinander und trennen sich. Der Grund für eine Scheidung liegt immer bei den Eltern, nie bei den Kindern!

Kinder, deren Eltern sich scheiden lassen, fühlen sich oft allein gelassen mit ihrem ganzen Schmerz, ihrer Trauer, ihrer Verzweiflung. Ihre vertraute Welt stürzt ein, und übrig bleiben Gefühle, die sie nicht haben wollen. Sie fühlen sich ohnmächtig, hilflos, weil sie nichts dagegen tun können. Sie haben Angst, dass die Eltern sich nun auch von ihnen scheiden lassen und nicht mehr mit ihnen zusammenleben wollen.

 Expertentipp

Sei dir bewusst, deine Eltern trennen sich voneinander, aber sie trennen sich nicht von dir. Sie bleiben für dich immer Mama und Papa.

Sprich mit deinen Eltern über deine Sorgen, über deinen Kummer. Sooft du das Bedürfnis hast, mit ihnen über die Trennung zu reden, tue es. Wenn dir das Reden zunächst nicht leicht fällt, schreibe ihnen ein Brief, eine E-Mail. Erkläre darin, wie es dir geht, wie du dich fühlst und bitte sie, auf dich zuzukommen, um mit dir zu reden.

Höre dich in deiner Klasse um! Bestimmt gibt es MitschülerInnen, deren Eltern auch geschieden sind. Frage sie, wie es ihnen dabei ergangen ist, wie es ihnen jetzt geht, was sich für sie verändert hat. Sprich mit ihnen über deine Gefühle, sie können dich verstehen und dir Beistand leisten. Du bist nicht alleine mit dieser Situation.

Auch wenn du es nicht für möglich hältst, aber es trennen sich sehr viele Eltern. Und vielen Kindern in deinem Alter geht es genauso wie dir.

Ich fühle mich so klein

Ob die Eltern zusammenbleiben möchten oder nicht – diese endgültige Entscheidung treffen sie selbst. Es ist eine Sache der Eltern. Sie selber entscheiden, dass sie nicht mehr zusammenbleiben möchten – und kein anderer. Und so wie kein anderer an der Trennung der Eltern Schuld hat, kann sie auch kein anderer verhindern.

Kinder, die sich wegen der Trennung der Eltern schuldig fühlen und denken, dass sie ihre Eltern wieder zusammenbringen können, versuchen, sich überaus brav und folgsam zu verhalten. Jedoch ist das sehr anstrengend und auf Dauer nicht möglich. Sie erkennen, dass sich durch ihr Verhalten nichts an der Situation verändert.

 Expertentipp

Du willst es zunächst nicht begreifen, kannst es einfach nicht verstehen? – Sprich mit deinen Eltern darüber. Es ist eine schwere Zeit, in der du dir über deine Gefühle und Fragen Klarheit verschaffen musst, damit du wieder etwas Ordnung in dein Leben bekommst.

Mein Rat ist: Nimm an einem organisierten Gruppentreffen für Kinder nach der Scheidung teil! So ein Angebot gibt es bestimmt in deinem Wohnbezirk. Frage deine Eltern danach.

Dort lernst du andere Kinder in deinem Alter kennen, deren Eltern sich auch getrennt haben. Du kannst dich mit ihnen austauschen und erfahren, wie du mit der neuen Lebenssituation umgehen kannst.

Liebe Sabine!
Mir geht es wie der Kathi in der Geschichte. Meine Eltern streiten in letzter Zeit nur mehr, ich weine viel und kann an nichts anderes mehr denken. Ich will nicht, dass sie sich trennen. Ich will auch keine Scheidungseltern. Was kann ich tun, um die Trennung zu verhindern? Ich habe so ein schlechtes Gewissen, bestimmt habe ich irgendetwas falsch gemacht …
Ich bin traurig und wütend und habe Angst!
Deine traurige Nicole, 11 Jahre

Liebe traurige Nicole!
Du durchlebst jetzt eine sehr schwere Zeit. Leider kannst du gar nichts tun, um die Trennung deiner Eltern zu verhindern. Deine Eltern haben sich die Entscheidung bestimmt nicht einfach gemacht. Aber wenn sie einander nicht mehr lieben und nur noch streiten, müssen sie einen Weg für sich finden. Daran trifft dich keine Schuld. Du brauchst also kein schlech-

tes Gewissen zu haben. Ich weiß, das ist leichter gesagt als getan. Versuche mit deinen Eltern zu reden und sage ihnen auch, was dir Sorgen macht und wie du dich fühlst.

Sie können dir erklären, warum sie nicht mehr miteinander leben möchten oder können, und du wirst sehen, es hat nichts mit dir zu tun.

Du bist nicht schuld an der Trennung, und du kannst sie leider auch nicht verhindern.

Ich wünsche dir viel Kraft für diese schwierige Zeit!

Deine Sabine

Ich hab so eine Wut im Bauch

Wie jede/r auf neue Situationen, Veränderungen im Leben anders reagiert, reagiert auch jede/r Betroffene auf Scheidung mit anderen Gefühlen wie Wut, Trauer, Schuld.

Sehr viele Kinder fühlen sich in einer Scheidungssituation wütend. Sie können nicht verstehen, dass gerade ihnen das passiert. Sie sind wütend auf den Papa, auf die Mama, vielleicht auch auf sich selbst. Einfach wütend auf die ganze Welt, weil nichts mehr so ist, wie es einmal war.

Expertentipp

Lasse deine Wut raus, du darfst wütend sein!!! Schreie, boxe, tobe dich aus!

Drücke deine Wut jedoch in einer Form aus, in der du dich und andere nicht verletzt.

Liebe Sabine!
Ich habe nun erfahren, dass sich meine Eltern scheiden lassen …
Ganz schön scheiße finde ich das. Ich hab so viel Wut in mir, und ich weiß nicht, was ich damit machen soll. Am liebsten würde ich explodieren!
Luisa, 12 Jahre

Liebe Luisa!
Ich verstehe, dass du dich nun wütend fühlst. – Und du darfst wütend sein! Lass deine Wut raus! Suche dir einen weichen Polster. Erkläre ihn zu deinem Wutpolster. Boxe auf ihn ein, wirf ihn an eine Wand, schüttle ihn ganz wild. Er ist da, um deine Wut einzufangen!!!
Ich wünsche dir alles Gute!
Deine Sabine

Nicht nur zu Hause, sondern auch in der Schule läuft es schlecht

Die Trennung der Eltern bringt alle Beteiligten in eine Ausnahmesituation. Diese Situation bedeutet Stress und übt starken Druck auf einen aus. Darauf reagiert der Körper. Es ist ein Ausdruck von „Mir geht es momentan nicht gut". Und deshalb kann es vorkommen, dass auch die Schulleistungen nachlassen.

Scheidungskinder berichten, dass es während der Trennungszeit der Eltern sehr schwierig ist, sich in der Schule zu konzentrieren. Zuhören und aufpassen will einfach nicht mehr klappen, ständig kreisen die Gedanken um Dinge, die mit der Trennung der Eltern zu tun haben. Die Freude am Schulbesuch geht verloren. Alles wird egal. Es interessiert sie nichts mehr.

Expertentipp

Um dich wieder besser konzentrieren zu können, versuche dich zu entspannen. Finde etwas, wobei du abschalten kannst, vielleicht ein Spaziergang im Wald oder im Park oder eine angenehme Musik, die dich zum Träumen bringt. Wichtig ist, dass du trotzdem in der Schule nicht den Anschluss verlierst.

Liebe Sabine!
Nicht nur zu Hause läuft alles anders als zuvor, sondern auch beim Hip-Hop-Tanzen und in der Schule. Beim Tanzen kann ich überhaupt keine Schrittkombinationen mehr, und beim Lernen kann ich mich überhaupt nicht konzentrieren. Ich kann mir nichts merken und denk sowieso nur an andere Dinge. Ich bin ein totaler Loser geworden …
Was soll ich tun?

Emilie, 9 Jahre

Liebe Emilie!
Nein, du bist überhaupt kein Loser. Du bist ein tapferes Mädchen, das momentan eine sehr schwierige Situation meistern muss. Dass du jetzt nicht so gute Leistungen zeigen kannst wie früher, ist ganz normal in deiner Lage. Du hast so viele andere Dinge um die Ohren. Kein Wunder, dass du dich im Moment nicht auf die Schule konzentrieren kannst.
Vertraue mir, es wird wieder besser. Wichtig ist, dass du jetzt nicht alles hinwirfst. Mach Sachen, bei denen du abschalten kannst. Dinge, die dir Spaß machen bzw. früher Spaß gemacht haben. Da fällt dir bestimmt etwas ein, und du wirst sehen, danach wird es dir etwas besser gehen und du kannst dich auch wieder leichter konzentrieren.

Deine Sabine

Zu Hause und doch nicht zu Hause

Das erste Wochenende, seit Papa ausgezogen ist, steht bevor. Er wohnt nun in einer Wohnung in einer anderen Stadt, wo alles neu und fremd ist.

Wie wird es wohl bei Papa sein?
Was, wenn mir Papas neues Zuhause nicht gefällt?
Was, wenn Papa sich nun völlig verändert hat?
Was, wenn Mama sich ohne mich einsam fühlt?
Was, wenn Mama gar nicht mehr da ist, wenn ich vom Papa-Besuch zurückkomme?
Ich fühle mich hin- und hergerissen! Muss ich mich für einen der beiden entscheiden?

Diese und ähnliche Fragen stellen sich viele Kinder, wenn sie den Elternteil, der nicht mehr zu Hause wohnt, die ersten Male besuchen.

 ## Expertentipp

Wenn dich diese Fragen auch beschäftigen, dann sprich deine Eltern darauf an. Sie werden dich bestimmt beruhigen können, und du kannst ganz entspannt das Papa-Wochenende genießen, während Mama auf dich wartet und es ihr in dieser Zeit gutgeht. Also erlaube dir, eine schöne Zeit mit deinem Papa zu haben.

Damit du dich auch wirklich in deinem „Zweit-Zuhause" wohlfühlen kannst, frage, ob du dein Zimmer in der Wohnung mitgestalten darfst. Vielleicht darfst du ein Poster aufhängen, ein Möbelstück aussuchen oder sonst etwas Persönliches von dir dort lassen.

Und bedenke, du musst dich nicht für einen der beiden entscheiden. Du darfst beide lieben. Du bleibst immer ihr Kind, und sie bleiben immer für dich Mama und Papa, auch wenn ihr nicht mehr alle zusammen wohnt.

Au! – Mir tut alles weh!

Die Trennung der Eltern bringt Sorgen mit sich. Neben Wut, Unkonzentriertheit und Trauer kann auch ein körperlicher Schmerz deinen Kummer zum Vorschein bringen. Dein Körper zeigt dir, dass momentan in deinem Leben Chaos herrscht und du erst lernen musst, mit dieser Situation klarzukommen.

Scheidungskinder berichten, dass ihnen nichts mehr Spaß gemacht hat und sie nicht mehr so viel mit Freunden unternommen haben. Plötzlich haben sie Dinge trauriger empfunden als früher, hatten öfters Bauchweh und Kopfweh, es hat einfach alles wehgetan.

Expertentipp

Sprich über deinen Schmerz! Falls du nicht darüber reden möchtest, versuche deine Gefühle anders auszudrücken, male oder zeichne davon, tobe zu deiner Lieblingsmusik, entspanne dich, schreibe einen Brief oder lege dir ein Tagebuch an! Das kann dir helfen, dass du dich besser fühlst und dass dein Schmerz nachlässt.

Liebe Sabine!
Es tut so weh!!! – Und mir tut alles weh!!!
Ich fühle mich ständig krank, habe Bauchweh und Kopfweh, auch die Augen tun mir weh, wahrscheinlich vom vielen Weinen. Ich weiß nicht, wie ich das alles aushalten soll. Und was ist, wenn sich nun meine Eltern auch noch von mir scheiden lassen wollen, weil sie es mit mir auch nicht mehr aushalten können, weil sie auch von mir genug haben???
Deine Isabell, 8 Jahre

Liebe Isabell!
Das, was du nun durchlebst, ist sehr schlimm und tut furchtbar weh. Auch wenn es noch so wehtut, musst du es zulassen.

Wenn du weinen musst, weine!
Wenn du wütend bist, dann sei wütend!
Wenn du Schmerzen hast, ruhe dich aus,
versuche zu schlafen!
Vertraue mir, auch wenn es jetzt noch so wehtut, bald wird
die Zeit kommen, wo es ein wenig besser wird.
Je mehr Zeit vergeht, desto besser wirst du dich fühlen.
Glaube mir!
Und denk daran, deine Eltern können sich nie von dir
scheiden lassen. Du bleibst immer das Kind von deiner
Mama und deinem Papa. Es hat nichts damit zu tun, wie
wütend du nun auf deine Eltern bist, ob du Gemeinheiten
zu deinen Eltern gesagt hast oder frech gewesen bist.
Sie werden immer deine Eltern bleiben.

Deine Sabine

Auf Regen folgt Sonnenschein

Trotz momentaner Zweifel wird der Zeitpunkt kommen, wo es wieder besser wird. Die neue Lebenssituation wird Alltag, die Tränen werden weniger. Manche Probleme lösen sich in Luft auf. Und auf Regen folgt wieder Sonnenschein.

Irgendwann ist der Zeitpunkt gekommen, wo es anfängt wieder besser zu werden. Du gewöhnst dich an die neuen

Lebensumstände. Es beginnt sich alles einzuspielen. Das Alleinsein mit Mama während der Woche, die Wochenenden bei Papa oder umgekehrt. Du denkst nicht mehr so oft über die Trennung nach, schreibst wieder bessere Noten und fühlst dich insgesamt besser.

 Expertentipp

Gib dir Zeit!

Zeit, dich an den neuen Lebensalltag zu gewöhnen.

Zeit, deine Wunden zu heilen.

Lass deine Gefühle zu!

Traue dich zu zeigen, wie es dir geht, wie du dich fühlst.

Du musst dich für nichts schämen.

Sprich mit deinen Eltern und deinen Freunden über deine Gefühle.

Lass es zu, wenn dir Hilfe angeboten wird, und traue dich, um Hilfe zu bitten.

Und nach einiger Zeit des Sich-so-schrecklich-Fühlens wirst du erleben, dass es wieder schöne Zeiten gibt. Zeiten, in denen du fröhlich und glücklich sein kannst. Vertraue darauf!

Liebe Sabine!
Meine Eltern haben sich vor einem Jahr getrennt.
Am Anfang war es die Hölle!
Nun geht es mir aber schon wieder viel besser. Jedes zweite Wochenende bin ich bei Papa, und es kommt mir sogar vor, dass ich nun mehr Zeit mit Papa verbringe als vor der Scheidung. Es wird zu Hause auch nicht mehr rumgebrüllt, keine Türen werden mehr zugeknallt. Es ist viel angenehmer geworden. Natürlich kommt es noch vor, dass ich hin und wieder traurig bin, aber die meiste Zeit bin ich fröhlich und habe Spaß mit meinen Freundinnen.
Anfangs dachte ich, es wird nie gut werden, es wird nichts Schönes mehr passieren, aber das ist nicht so. Mit der Zeit gewöhnt man sich an all das Neue, und es kommt der Tag, an dem man wieder lächelt.
An alle, die das Gefühl haben, dass es nicht mehr weitergeht: Haltet durch, es wird bestimmt wieder besser, glaubt ganz fest daran!
Ich habe es geschafft, also schafft ihr es auch!
Ich drück euch ganz fest die Daumen!
Liebe Grüße,

Anna, 10 Jahre

**Keiner hat Zeit für dich?
Niemand hört dir zu? Keiner versteht dich?
Folgende Anlaufstellen sind immer für dich da!**

Rat auf Draht

Rat auf Draht ist eine anonyme und kostenlose Notrufnummer für Kinder, Jugendliche und deren Bezugspersonen in ganz Österreich.

Tel.: 147 – ohne Vorwahl, rund um die Uhr
E-Mail: rataufdraht@orf.at
Website: http://rataufdraht.orf.at
Soziale Netzwerke: http://www.facebook.com/147rataufdraht

Beratungsstelle in deinem Wohnbezirk

Ganz in deiner Nähe befindet sich die nächste Beratungsstelle. Damit du sie auch gleich findest, hat das Familienservice des Bundesministeriums für Wirtschaft, Familie und Jugend eine anonyme und gebührenfreie Info-Hotline eingerichtet.

Tel.: 0800/24 02 62, Mo–Do 9–15, Fr 8–12 Uhr
Website: http://www.familienberatung.gv.at

RAINBOWS – Begleitung und Unterstützung für Kinder und Jugendliche nach Trennung bzw. Scheidung

RAINBOWS hilft, unterstützt und begleitet Kinder und Jugendliche in stürmischen Zeiten. Der Hauptsitz von RAINBOWS ist in Graz. Es gibt weitere Anlaufstellen in den Bundesländern.

Tel: 0316/68 86 70, Mo–Fr 8–12.30 Uhr
E-Mail: office@rainbows.at
www.rainbows.at

Karin Ammerer,

erfolgreiche G&G-Autorin, lebt und schreibt in Kaindorf bei Hartberg in der Steiermark. Die Förderung der Lesemotivation von Kindern und Jugendlichen liegt ihr besonders am Herzen. Und so hat sie sich mit ihrem interaktiven Programm in Schulen, Bibliotheken und Buchhandlungen in die Herzen der Kinder und Jugendlichen gelesen. Mit den Geschichten des Best Friends Clubs will Karin Ammerer Mut machen und aufzeigen, dass niemand mit seinen Problemen alleine ist.

Sabine Weißenbacher

arbeitet als Psychologin in einem psychosozialen Zentrum, eine Anlaufstelle für Menschen mit Problemen und Krisen. Seit 2006 liegt der Schwerpunkt ihrer psychologischen Tätigkeit im Kinder- und Jugendbereich. In ihrer Arbeit sieht sie sich als Wegbegleiterin von Heranwachsenden in belastenden Lebenssituationen. Gemeinsam mit dem Kind oder Jugendlichen versucht sie, Lösungen zu erarbeiten und neue Perspektiven zu finden. Das Wohl des Kindes steht für Sabine Weißenbacher stets im Vordergrund.